まどろみの寵姫

Nao Yurino
ゆりの菜櫻

Honey Novel

Illustration

Ciel

CONTENTS

⚜ プロローグ　星空の誓い

「わぁ……いっぱい星が見えるわ！」

美しい亜麻色の髪をした少女がスミレ色の瞳《ひとみ》を大きく見開いて、満天の星を見上げた。

城から少しだけ離れた丘からの景色《けしき》は、昼間でもアリストラル王国の王都を見渡すことができ、素晴らしいものだ。しかし夜は夜で、星が落ちてきそうなほどの夜空が王都の真上に広がり、幻想的な風景を醸《かも》し出す。

シャルロットは城を抜け出して、幼馴染《おさななじみ》でもあり、この国の若き王でもあるサイラスと一緒に星空を見に来ていた。

まるで星が雪のごとく、王都に降り注《そそ》いでいるかのように見える。

シャルロットは隣で夜空を見上げる二歳上のサイラスに視線を移した。

持ってきたランタンの光で彼の金の髪が淡く優しく輝く。強い意志を秘めた瞳は、賢王となるであろう才覚を映し出していた。父王亡き後、摂政《せっしょう》となった叔父《おじ》に冷遇されている青年王には見えない。

彼もシャルロットの視線に気づき、その深い青色の瞳をこちらに向けた。

「どうしたんだい？　シャルロット」

まだ十五歳であるシャルロットにとって、自分が彼のために何をすべきなのか、よくわからない。彼が理想とする王となるために自分も尽力するつもりではあるのに、その術《すべ》がないのが辛《つら》かった。

シャルロットは小さく首を左右に振った。

「ううん。星ってすごいなって思っただけ」

「すごい？」

「ええ、一つ一つは小さくて、光は太陽や月より弱いのに、こうやってたくさん集まると、とても明るくなるの。こんなに綺麗《きれい》に見えるのって、すごいなぁって。星を見ていると、小さなものでもたくさん集まれば、とても強いものになれるって思える……」

サイラスの瞳がわずかに見開く。そしてそのままゆっくりと双眸《そうぼう》を細めた。その笑顔はとても優しく、シャルロットを癒《いや》してくれる。

「そうだね、その通りだね。この世に無力なものなどないのかもしれない。小さくてもそれは全部、大きな力の源《みなもと》になれるんだ。きっと……」

サイラスは自分に言い聞かせるように呟《つぶや》いた。

その様子に一瞬、彼が遠くに行ってしまいそうな気がして、シャルロットはサイラスの手をきつく握った。しかし、こんなに近くいるというのに、まったく彼を近くに感じることはできなかった。たまらず、シャルロットは自分の願いを口にした。

「サイラス、どうか、遠くに行ったりはしないで……」

そう言うと、サイラスが手をギュッと握り返してくれた。

「遠くになんて行かないよ。守るよ。君もこの国も私が守る」

シャルロットが自分から願い出たことなのに、彼の言葉を聞いて、胸が締めつけられるほど不安になる。

彼が何かを決意していることを感じたからにほかならない。

「サイラス……」

「だが、いずれ私は戦わなければならなくなると思う。摂政である叔父は、私が摂政を必要としなくなる年齢、十八歳になる前に、殺そうとしてくるだろう」

恐れていたことを口にされ、シャルロットは愕然《がくぜん》とする。

信じたくはないが、シャルロットの父、アリストラル王国の重鎮《じゅうちん》でもあるバーズリー伯爵も、そのことを憂《うれ》いている。

「私もまだ、この夜空に輝く小さな星一つくらいの強さしかない。だが絶対、叔父には負けない。いつか叔父の悪政から国民やこの国を救い、平和で幸せな国にしてみせる」

彼の内に秘めた強さを目の当《ま》たりにし、シャルロットは涙が溢《あふ》れそうになった。

大好きな幼馴染が、これからも無事でいられるように願わずにはいられない。

「お願い……私を置いてどこにも行かないで。決して死なないで」

「シャルロット……」

サイラスの深い青色の瞳が近くに寄ってきたかと思うと、シャルロットの唇にそっと彼の唇が重なった。

え――？

一瞬のことで何がどうなったか理解できないうちに、彼の唇が離れていく。呆然《ぼうぜん》としていると、彼の穏やかな瞳とかち合う。

「もし、すべての願いが叶《かな》ったら――。シャルロット、私と結婚して欲しい」

「サイラス！」

「それともシャルロットは私などと結婚するのは嫌だろうか？」

シャルロットは慌《あわ》てて首を大きく横に振った。するとサイラスがとても嬉《うれ》しそうに笑みを浮かべた。

「ありがとう、シャルロット。私はその約束だけで、しっかりと前を向いて進んでいけるよ。誰もが幸せな国造りを目指す」

再びサイラスの唇がシャルロットに寄せられる。それはとても甘く、優しく――切ないものだった。

そしてこの半年後、サイラスは国と民に甚大な被害をもたらしたとして、摂政である叔父と、その叔父を支持する王弟派に戦いを挑むことになる。

世に言う星月《せいげつ》戦争の始まりであった――。

第一章　黎明の調べ

ヴィスタ暦、一三二五年。

アリストラル王国歴代の王の中でも屈指の賢王と呼ばれたダレン国王が病気により薨去《こうきょ》した。

妻に先立たれていた国王には、二人の王子と三人の姫がいたが、どの子供もまだ成人として定める十八歳に満たず、通例により摂政《せっしょう》を置くこととなった。しかしそれが不幸の始まりだった。

国王の弟が、摂政とは名ばかりの、実質的な国王のごとく国を治めるようになったのだ。

そして、しばらくすると、王弟は前王の子供らを邪魔者扱いし始める。特に王位を継承した、第一王子のサイラスについては、敬《うやま》うどころか冷遇し、まだ子供だからと政治には関《かか》わらせず、城の一角に軟禁した。

自分の命令を聞かなければ弟や妹を傷つけるなどと脅《おど》して、いわば傀儡《かいらい》政治を行うようになったのだ。弟妹を盾《たて》に取られ、国王でありながらもサイラスは叔父を止めることができない状況へと追い込まれていく。

そのうち、自分と王都に住む貴族の利益ばかり求めた叔父の執政は、悪政となり、国民は重税で生活ができず、餓死《がし》をする事態が起きるようになった。また、領土拡大のために戦争を頻繁《ひんぱん》にし、厳しい軍役《ぐんえき》が国民に課され、地方の農民までもが駆り出された。

そのため田畑が荒れ、天候によっては飢饉《ききん》がたびたび起こるようにもなっていた。

美しく飾り立てているのは王都ばかりで、地方は荒れた貧しい土地と成り果てたのだ。

耐えかねた国民により、あちらこちらで暴動が起き始めた。前国王の代から仕えていた忠臣は反逆罪に問われ、複数の臣下がサイラスの許可もなしに、叔父の独断で処刑される事件も起きた。

まさに、恐怖政治そのものだった。

そして前国王が亡くなって四年。サイラスが十七歳となった時である。

摂政を解任できる歳《とし》になるまでに、残り一年を切り、叔父から送り込まれる刺客に命を脅《おびや》かされる回数も増えてきていた。そんな中、民意にも押され、とうとう兵を挙げたのだった。

王弟派が月をモチーフにした軍旗であったのに対し、サイラス王派が星をモチーフにした軍旗を使っていたことから、この内戦は星月戦争と言われている。

まずは奇襲をかけ、王弟派を城から追放し、城を取り戻すことに成功した国王軍は、その後、勢いに乗り、王都周辺地域で抵抗していた王弟派に攻撃を仕掛けた。

王都の周辺では、叔父と、叔父に媚《こび》を売って甘い汁を吸っていた貴族らが、潤沢《じゅんたく》な資金で傭兵《ようへい》を雇って抗戦していたのだ。

結果、国王を支持した民の愛国心が勝る形で、傭兵らを蹴散《けち》らし、その場は圧勝した。

しかしながら、サイラスの軍が優勢ではありつつも、未《いま》だ叔父を捕らえることができず、王弟派を完全には制圧できてはいなかった。

内戦を始めてすでに十一ヶ月。短期決戦を狙《ねら》っていた戦いは、ゲリラ化した王弟派軍を相手に、なかなか戦局が読めなくなっていた。

＊＊＊

柔らかな陽差《ひざ》しが降り注ぐ昼下がり、王城の中庭から、困惑した男性の声が聞こえる。

「しかしシャルロット様、それでは困ります」

護衛の男がおろおろしながら、シャルロットを諫《いさ》めていた。

「シャルロット様、私もそんな危ない真似《まね》はやめられたほうがいいと思います」

シャルロット付きの侍女で、シャルロットの乳母《うば》の娘でもあるリーザも止めてくる。しかしシャルロットはにっこりと、笑顔ですべてを撃退した。

「大丈夫よ、木登りは得意だし、サイラスには気づかれないように、窓からそっと姿を覗《のぞ》くだけだから」

「覗くだなんて……。婚約者なのですから、堂々とお会いになればいいではありませんか」

リーザはどうしても木登りをさせたくないようで、なんとかシャルロットを思いとどまらせようとしてくる。しかしシャルロットにはシャルロットの事情があった。

「邪魔をしたくないの。サイラスは戦争でいろいろと忙しく働いているのよ？　私に会う時間があったら、休んでもらいたいし……」

本当は会いたいが、戦時中だ。わがままなど言ってはいられない。

シャルロットはサイラスの執務室の脇《わき》に生えている木に手をかけた。昔からこの木にはサイラスと一緒に登っている。今でも簡単に登ることができた。

「じゃあ、すぐに戻ってくるわね。あと、見上げないでね。ドロワーズが見えちゃうから」

シャルロットは二人にそう言うと、手際よく、さっさと木を登り始めた。

途中で空を見上げれば、きらきらと輝くような青色に染まっている。そこを小鳥たちが楽しそうに囀《さえず》りながら飛んでいくのが見えた。

しかし視線をふと下に向けると、戦火の跡が色濃く残る王都が目に入った。すべてサイラスの叔父、王弟が抗《あらが》った結果《ほが》だ。

欲に縛《しば》られない鳥は朗らかに歌い、欲に塗《まみ》れた人間は愚かな戦いに身を窶《やつ》す。

王弟を追い出す際の王都の戦いで、サイラスが破壊能力の高い火器を一切使わなかったのに対し、王弟軍は愛すべき国民に平然と砲弾を撃っていたのを思い出し、シャルロットは表情を歪めた。

自分の国の民を傷つけるなんて……。

王都は海と丘に挟まれているが、丘の向こうでは、まだ王弟軍との剣戟《けんげき》が繰り返されている。サイラスが率いる国王軍は斥候《せっこう》を出して王弟軍の動きを探り、どうにか有利に戦術を立て、人的被害を最小限に食い止めているが、多くの人命が失われているのも確かだ。

「こんな戦《いくさ》、早く終わらせなきゃ……」

無益な戦争を終わらせるために、一刻も早く敵将である王弟を捕まえなくてはならない。そのためサイラス王自《みずか》ら前線に出て指揮を執っている。

シャルロットが、ふと視線を執務室の窓へと向けると、金色の髪がちらりと見えたような気がした。

サイラスかしら――？

もう少し上に登って、木陰からサイラスの姿を見ようとした時だった。いきなり執務室の窓が開いた。

「どうしたんだい？　シャルロット。変わった場所から挨拶《あいさつ》に来てくれるんだね」

「きゃっ！」

「わ、シャルロット！」

シャルロットは落ちそうになるも、木にしがみつき、どうにか落ちずに済んだ。

「はぁ……、シャルロット、大丈夫かい？　気をつけないと駄目だよ。一体、こんなところで何をしているんだい？」

どうやら簡単に見つかってしまったらしい。シャルロットは早々に諦《あきら》めて、素直に答えた。

「あ……サイラスが城に戻ってきたって、お父様に教えてもらったから、ちょっとだけ姿を見に来たの。あ、あの！　決してあなたの邪魔をしようと思ったんじゃないのよ。隠れてあなたの姿を見るだけのつもりだったの」

必死で言い訳をすると、サイラスが思わずといった様子で噴き出した。その顔は戦争で疲れたという感じではなく、本当に楽しそうな笑顔だったので、シャルロットはわずかながらホッとした。同時に胸の辺りがほんわかと温かくなる。

「シャルロット、私に会いに来るのに、遠慮はいらないって前にも言っただろう？　それに、私としては正面から堂々と来てくれたほうがハラハラしなくて済むんだが？　今も心臓が止まりそうだった」

「あ、でも……本当に邪魔をしたくなかったの。陰から少しでも姿を見られればそれで満足だと思ったから……」

「私が疲れているって気を遣ってくれたのかもしれないが、婚約者殿に避けられている気がして、逆にいらぬ心配をしてしまうよ」

サイラスがシャルロットに手を差し伸べた。

「ちょうど今からお茶をしようと思っていたんだ。君も一緒に飲んでいかないか？　ついでにピアノを聞かせてくれるかい？　戦場で君のピアノを思い出しながら寝ると、リラックスできるんだ」

「サイラス、いいの？」

「いいに決まっている」

彼こそシャルロットに気を遣ってくれていることがよくわかる。シャルロット自身は非力で何もできないが、それでも彼のために、ほんの少しでも力になりたいと強く願う。

「じゃあ、そっちへ行くわ！」

シャルロットはサイラスの手を摑《つか》んで、部屋へと飛び移った。

もちろん下からリーザの悲鳴が聞こえたが、心の中で謝りながら、シャルロットは聞こえなかった振りをした。


王城のピアノルームから美しいピアノの旋律《せんりつ》が響く。

ティータイムを愉《たの》しんだ後、シャルロットはサイラスに乞《こ》われたピアノを演奏していた。

サイラスはグランドピアノに躰《からだ》を預けながら、目を閉じてピアノに聴き入っていたが、シャルロットが曲を弾き終わると、その青い瞳を輝かせ、拍手をしてくれた。

「いい曲だね。目を閉じて聴いていると、瞼《まぶた》の裏に、アリストラル王国の風景が浮かんでくるような感じがする。……ゆったりとして、母なる大地にそっと抱かれているような優しい感覚に、心の緊張が解《ほぐ》れていくようだった。これはなんていう曲なんだい？」

答えた傍《そば》から、シャルロットの頬《ほお》に熱が集中する。

「『星の王様の夢』というの」

「星の王様？」

サイラスが小首を傾《かし》げて尋ねてきた。彼にとっては聴いたことのない曲の上に、知らないタイトルだ。不思議に思うのも仕方がない。

シャルロットは勇気を振り絞って、種明かしをした。

「あ……あなたのことなの」

顔が真っ赤になっているのは、鏡を確認しなくてもわかる。顔が火照《ほて》ったように熱い。

「私のことって……シャルロット？」

サイラスが訝《いぶか》しげに見つめてくる。シャルロットはとうとう耐えられなくなって、そっと俯《うつむ》いた。恥ずかしくて心臓がドキドキする。

「あの……実はこの曲、私が作ったの」

「え？　シャルロットがこの曲を作ったのかい？」

「初めてだから、あまり上手くできていないかもしれないけど、あなたに対して私にできることって、これくらいしかないから。せめてあなたが少しでも安らいでくれたらって思って作曲してみたの」

「シャルロット……」

サイラスの瞳が見開かれる。

「まだまだ上手くはないけど、今の私にはこれが精一杯で……。でも、いつかもっと素敵な曲をあなたにプレゼントするのが私の夢なの」

これからもずっとサイラスの傍《かたわ》らで彼を癒せる曲を作っていきたい。それがシャルロットの夢だ。それには国が平和になってくれることも含まれている。

「ありがとう、シャルロット。でも一つ訂正をするなら、私はすでにシャルロットにはいろんなものをもらっているよ」

そう言って、サイラスがそっと額にキスをくれた。

「いつも私に勇気をくれるのも君だ」

彼の両手がシャルロットの両頰を包み込む。

「思った以上に戦が長引いている。そのため、多くの国民を犠牲にしていることに、私自身が潰《つぶ》れそうになることもある。だが君の笑顔を見るたびに、君を含め、国民の笑顔を守れるのは自分しかいないと思い直し、再び戦場に立つことができる」

幼い頃からサイラスと一緒にいるシャルロットは、彼が人の心の痛みをわかる人間だということを知っている。彼自身がずっと王弟に虐《しいた》げられてきた過去があるからかもしれない。彼が自身の心を傷つけながら、戦っているのも予想がついた。

シャルロットはサイラスの手のぬくもりを感じながら、真《ま》っ直《す》ぐ彼を見つめた。

「サイラス、国民の誰もが犠牲になっているなんて考えていないと思うわ」

「そうだろうか」

サイラスが信じていなさそうに少しだけ苦笑する。

「ええ。みんな、それぞれ幸せを摑むために敵と戦っているんだもの。誰もが、自分の愛する人を守るために戦っているの。犠牲だなんて思うはずがない。彼とお金で契約している傭兵とは、考えが根本的に違うわ」

彼の唇がシャルロットの目元に寄せられる。

「ありがとう、シャルロット」

「それに、私の父も喜んでいたわ。サイラスが兵役に服している兵士たちに、月に一回は家族に会えるようにしてくださったから、みんなの士気が上がるって……」

今回の内戦で、サイラスは、兵役に就いている国民に、月に一回、三日ほどの休暇を与えている。長引く戦況の中で、何よりも家族と過ごせる時間が必要だと考えたからと聞いている。兵士たちも、家族に会い、改めて家族を守るために戦おう、そして生き延びようと士気を高めて戻ってきてくれるとのことだ。

「それこそ私ができる精一杯のことだ」

シャルロットは軽く首を横に振った。

「サイラスにしかできないことだわ」

「シャルロット……」

サイラスの口づけが目元から頬へと移り、そして唇を掠《かす》める。彼の囁《ささや》きが吐息とともに唇に触れるほどの距離で聞こえた。

「少しだけ君に触れてもいいだろうか」

「サ、サイラス……」

シャルロットの心臓が飛び跳ねたように強く鼓動する。彼の青い瞳には、焦ってどうしたらいいのかわからない自分の顔がしっかりと映し出されている。

「もちろん、君の純潔は守るつもりだ。だが、君をこうして抱き締めているだけでは、不安でたまらない。もしかして君がどこかへ行ってしまうのではないかと、悪いことばかり考えてしまう」

「あなたを置いてどこかに行くなんて、ありえないわ」

サイラスの不安を払拭《ふっしょく》したくて、シャルロットははっきりと否定した。しかしサイラスはどこか寂しげに言葉を続けた。そのいつもと違う様子に、シャルロットは心配になった。

何かあったのかもしれない。

「そうだな、だが戦場にいると、当たり前なことなど一つもないという恐ろしい現実が身に染みるんだ。そして、君がいる世界が当たり前だなんて保証も、どこにもないことに気づいてしまう」

「大丈夫よ。私はずっとあなたの帰りを待っているわ」

シャルロットはサイラスの背中に手を回し、ぎゅっと抱き締めた。彼は何も言わないが、やはり何かあったのだろう。戦況が芳《かんば》しくないのだろうか。

「私は消えたりしないわ」

「シャルロット……」

彼の唇がシャルロットの首筋へと移る。

「あっ……」

小さな声が漏れてしまった。なんとも言えない甘いさざめきが、シャルロットの背中を痺《しび》れさせる。

彼の唇がしばらくシャルロットの首筋を堪能《たんのう》していたかと思うと、今度はそのまま肩口へと唇を滑らせた。

「サイラス……私……」

「怖がらないでくれ。君を怖がらせたくはないんだ。ただ、君を感じたい。この手に君がいることを実感させてくれ」

「それはどういう……」

シャルロットが尋ねようとすると、それを遮《さえぎ》るかのように、サイラスがシャルロットを椅《い》子《す》から抱き上げ、そっと絨毯《じゅうたん》の上に横たわらせた。

「サイラス……」

毛足の長い豪奢《ごうしゃ》な絨毯の上で、サイラスを見上げる形で横たわる。彼の器用な指先が、シャルロットのドレスの胸元のレースの飾りを潜《くぐ》って中へと忍び込んできた。コルセットで締めつけられていた胸が、彼の指の存在を感じた途端、疼《うず》き始める。

胸元の開いたドレスは、サイラスが指を入れただけで簡単に肩が抜けてしまい、シャルロットのデコルテの部分が露《あらわ》になる。

サイラスは、コルセットと素肌の境目ぎりぎりのところを、音を立ててきつく唇で吸ってきた。すぐにシャルロットの白い肌にじんわりとした赤い斑点《はんてん》がつく。

それだけで、どこか彼のものになったような気がして、シャルロットの胸に幸福感が満ち溢れた。

サイラスの指が、ドレスが肩から抜けてしまったシャルロットの背中に回ったかと思うと、そのまま剝《む》き出しになったコルセットの紐《ひも》を解《ほど》く。コルセットの胸の部分が滑るように外れた。

「あっ……」

露になった胸がサイラスの目に晒《さら》される。恥ずかしくなって両手で胸を隠すと、サイラスの唇がその指の上に滑り落ちる。

「お願いだ、隠さないでくれ」

「サイラス……」

切なげに乞われ、シャルロットは手から力を抜いた。するりと手がどけられ、乳房の中央にある薄桃色の先端に唇を寄せられた。

そのまま乳頭を口に含まれ、舌の上で転がされる。そして少し痛みを感じるほどきつく吸われた。

「やっ……んっ……」

思わず上擦った声が出てしまった。

「可愛《かわい》い声が出たね」

シャルロットの胸から顔を上げたサイラスが、誰をも魅了する男の色香を伴った笑みを浮かべてシャルロットの目元に口づけた。シャロットの心臓が改めて大きく鼓動する。全身が羞恥《しゅうち》で真っ赤に染まっているに違いない。

「そんなに見つめないでほしいな。いろいろと我慢できなくなりそうだから」

「が……我慢って……あっ……」

サイラスの指がシャルロットの左の乳房へと這《は》ってくる。乳輪を指先で撫《な》でたかと思うと指の股《また》で挟み、きゅっと引っ張った。そこからジッと焦《こ》げたような熱が生まれ、シャルロットの下肢まで淫《みだ》らな疼きが広がる。

「あ……何か変……っ」

そう訴えるも、サイラスは指の動きを止めることなく、そのまま指の腹で乳頭を押し込めた。

「あっ……ああっ……」

じんじんとした疼きがシャルロットの下腹部を刺激する。しかしその疼きがいつの間にか甘いものに変わり始めていた。

「な……なに？」

官能的な疼痛《とうつう》を凌《しの》ごうと躰を捩《よじ》ると、サイラスがシャルロットの耳朶《みみたぶ》を甘噛《あまが》みしながら、吐息混じりに囁いた。

「感じているのかもしれないね」

「そんな……」

シャルロットは左右に首を振った。わけのわからない感覚に恐怖さえ覚える。ただ、その感覚を与えているのがサイラスだと思うから、耐えられるのだ。彼が自分を傷つけるわけがないと信じているから身を晒せる。

「サイ……ラス……」

「愛している、シャルロット」

「私も……あっ……」

指の腹でさらに乳頭を捏《こ》ねられる。すぐにそこが芯《しん》を持ち、シャルロットの子宮へダイレクトに快感が伝わる。

ぞくぞくとした痺れに翻弄《ほんろう》されながら、サイラスに左の乳首をしゃぶられ、右の乳房は激しく揉《も》まれた。

「あ……ああっ……」

乳頭に柔らかく歯を立てられる。チクリとした途端、今度は労《いたわ》るように優しく舐《な》められた。

「あっ……ああっ……んっ……サイ……ラ……」

次第に淫らな情欲が渦巻くようにして両乳首から溢れ出してくる。それと同時に、皮下の深いところで淫靡《いんび》な熱が湧《わ》き出し、じわりじわりと全身に広がっていった。やがてそれらは一気に押し寄せ、シャルロットの理性を快楽の淵《ふち》へと追いやる。

「あっ……ああっ……」

サイラスが触れるところから快感が沸々《ふつふつ》と溢れ出してくるようだ。次々と襲ってくる喜悦の波に飲み込まれ、溺《おぼ》れる。さらに、先ほどから疼いていた子宮が次第に収斂《しゅうれん》し始め、甘い熱を生む。下肢が濡《ぬ》れるような感覚さえあった。

「ああっ……んっ……」

サイラスの手がドレスの裾《すそ》を捲《めく》り上げ、シャルロットの腿《もも》に指を這わせる。

「あ……それ以上は……サイラス、駄目っ……」

シャルロットは思わず声を出してしまった。するとサイラスの動きが止まる。

サイラスを拒絶したかのように思われてしまっては嫌だ。シャルロットは慌てて言葉を足した。

「違うの、ここは誰かに見られるかもしれないピアノルームだから……」

サイラスは我に返ったように、はっとした表情をすると、自分の金の髪を乱雑に掻《か》き上げ、大きく息を吐いた。

「いや、私のほうこそ、すまなかった。君の肌に触れて、これほど理性を失うものとは思っていなかった。怖かっただろう？　シャルロット」

シャルロットは首を大きく横に振った。

「サイラスを怖いなんて思ってないわ。ちょっと驚いただけ」

本音を口にしただけなのに、サイラスに苦笑されてしまった。

「そんなに信用されても、少し困るな。私も男だから、君の期待を裏切ってしまうこともあるかもしれない」

サイラスは自分の上着を脱ぐと、それをシャルロットの肩にかけてくれた。

どこかホッとしたような、寂しいような。そんな気持ちが込み上げてくる。

私……サイラスにもっと触ってもらいたかったのかしら——？

恥ずかしいことに気づいてしまう。しかし一方、サイラスは表情を固くし、シャルロットを見つめてきた。

「サイラス？」

「……くれぐれも身辺に注意してくれ」

「注意？」

彼の青い瞳が、今までの甘やかな雰囲気から急に鋭さを帯びる。

「叔父が王都の近くで目撃された」

突然のことに、シャルロットは一瞬頭が真っ白になった。

サイラスの叔父、ワゼフは王弟軍を率いてはいるが、身の安全を図って滅多に姿を現さない。いつも傭兵に戦わせ、自分は陰に隠れているような男だ。

その男が王都の近くで目撃されたということは、彼の傭兵自体も、民に紛れてこの王都に入り込んでいるかもしれないことを意味する。いや、紛れ込んでいるに違いない。

シャルロットは不安になりながらも、サイラスを見上げた。

「叔父のことだ。何かを企《たくら》んでいるはずだ」

「そんな……」

それでやっとわかった。今日サイラスに会った時から感じていた違和感は、このことを警戒していたからなのだ。

「君も知っているように、私の両親はすでに他界している。大切な家族である弟や妹は城の奥で厳重に守られていて、叔父が手出しをすることはなかなか難しい」

シャルロットは小さく頷《うなず》いた。サイラスが長い間、叔父である王弟に傀儡状態にされていたのも、弟や妹を人質のように取られていたからだ。そのため、サイラスは軍を挙げる時、まず弟妹の身の安全の確保をしてから戦いを始めた。簡単に叔父の手に落ちることはないようにしている。

だったら――？

シャルロットはもう一度、サイラスを見上げた。彼の表情が苦悩に歪んでいる。どうしてなのだろうと見つめていると、彼が急にシャルロットを抱き締めてきた。

「サイラス？」

彼が苦しげにシャルロットの肩口で呟いた。

「叔父の狙いは君かもしれない」

「え？」

「叔父は私の愛する者を奪って、私に精神的ダメージを与えるつもりだろう。いつもあの男は、私の大切なものを盾《たて》にして、脅してきたからな」

「そんな私が……」

「あいつは私の心を揺さぶって楽しむ悪趣味なところがある。私が苦しむ姿を見たいのさ」

サイラスのシャルロットを抱き締める手にさらに力が入る。

「シャルロット、私の傍に――この城にいてくれないか。そうでなければ心配で私は前線に立つことができない」

シャルロットの背中に回された彼の手がわずかに震えているのが伝わってきた。

「私の思い過ごしかもしれない。だから君に言うべきか悩んでいた。君をいたずらに怖がらせるのもいけないことだとわかっている。だが、何かあって、後で悔いることだけはしたくないんだ。君に関しては特に、だ」

サイラス――。

彼に愛されていることを強く感じる。こんな時に不謹慎であるが、シャルロットは嬉しさを噛み締めた。

「わかったわ。彼が捕まるまで、この城にいさせて。それであなたの気が安まるなら、それが私にとっても一番安心できるから――」

「ありがとう、シャルロット」

シャルロットの唇にサイラスが優しく唇を重ね合わせてきた。

この幸せな時間がずっと続けばいい――。

シャルロットはそっと瞼を閉じながら、そう願わずにはいられなかった。

＊＊＊

その日は風が少し強かった。

「じゃあ、シャルロット、身辺には充分注意してくれ。夜までには戻るよ」

サイラスは丘の向こうにある陣営の将軍らとの作戦会議に出席するため、昼前に城を出立した。

王弟のワゼフが王都近くで目撃されてから、一週間が経《た》とうとしていた。その間、丘の向こうでは相変わらず王弟軍との小競り合いが続いている。

ワゼフが近くにいるかもしれないということで、サイラスが戦線に出ることは、ほとんどなくなった。今日のように会議などに出掛ける以外は、王都に残り有事に備えている。

シャルロットはサイラスが近衛の小隊を引き連れて出掛けていく背中を見送り、そしてそのまま空を見上げ、風に流れされていく雲を見つめた。

海に接しているアリストラル王国は強い海風が吹くことが多い。そのため雲が丘の向こうへと吹き飛ばされ、王都自体はあまり雨が降らないという地形である。逆に丘の向こうの土地は、雲が集まり雨がよく降る地帯とされていた。本来なら戦をするにはあまり向かない土地でもある。

雲は丘の向こうへと移動していく。今日、あちらは雨になるかもしれない。

大雨にならなければいいけど……。

どんよりとした灰色の雲に覆われた丘の向こう側を眺め、シャルロットは言い知れぬ不安を覚えた。何か悪いことが起こりそうな予感がする。

ううん、大丈夫よ。サイラスに何かあるわけがない――。

シャルロットは胸に当てた手を強く握り締め、再びサイラス一行の背中に視線を戻したのだった。


夜になって、王都にも小雨が降り出した。シャルロットはしばらく城の窓から外を眺めていた。

普段なら明るく王都を照らす街の灯《ひ》が、雨で霞《かす》んで見える。星も見えない真っ暗な夜が、街を押し潰そうとしているようにも思えた。

そろそろサイラスが帰ってくる頃だ。出迎えの準備をするため、シャルロットは部屋の木戸を閉めようとした。

え――？

視界の端に何かが映った。真っ暗だったはずの場所にきらきらとオレンジの光が見えたような気がして、シャルロットはそちらに目を向けた。

焔《ほのお》――。

火事だ。

王都の西側、海に程近い場所で火の手が上がっているのが見えた。

あそこは――！

そう思った瞬間、ドアの外からシャルロットを呼ぶ声が聞こえた。

「シャルロット様っ！」

返事をしないうちにドアが開く。

「ご実家が王弟軍の焼き討ちに遭われました！」

思いも寄らない言葉に頭が真っ白になる。

「サイラス陛下が王都にいらっしゃらないのを見計らって、襲撃された模様です」

続けて何かを言われているのはわかるが、内容がまったく頭に入ってこない。

焼き討ち？

途端、オレンジの焔が瞼の裏に閃《ひらめ》いた。屋敷の燃える様子がありありと脳裏に浮かぶ。

そんな――！

少しずつ言葉の意味を理解する。理解し始めるや否や、シャルロットの躰がガタガタと震えだした。歯の根も合わなくなり、足元から崩れそうになる。

「シャルロット様っ！」

床にしゃがみ込んでしまったシャルロットを女官が支えてくれる。

「……お、お父様や、お母様は？　あ……あと妹のマリ、エ……ルは、ぶ、無事……なの？」

声が震えてしっかり喋《しゃべ》れない。

「まだそこまでの確認はできていないそうです。今、援軍をご実家へ向かわせたところでございます」

「そ……そんな……」

恐怖のあまり心臓が苦しくなり、ふっと意識が遠のく。しかし女官がシャルロットの躰を揺らして話しかけてきたので、意識をどうにか保った。

「お気を確かに。今、サイラス陛下の小隊もシャルロット様のご実家へ向かわれているという連絡が入っております」

「サイラスが……」

怖い――。

今朝《けさ》から感じていた不安が再びシャルロットを襲う。

サイラスにも何かあったら――！

もうこれ以上のショックは受け入れられなかった。

「……私も、行くわ」

「え？」

シャルロットは女官の手を借りて、ゆっくりと立ち上がった。

「私も実家に行くわ。そこでサイラスと落ち合うわ」

「危のうございます！　シャルロット様はここでサイラス陛下のご連絡をお待ちくださいませ！」

「ここで待っていろと言うの？　父や母や妹がもしかして助けを待っているかもしれないのに？　我が屋敷には秘密の抜け道があるの。きっと難を逃れてそこにいるはずだわ。私が迎えに行かなければみんな、敵に見つかってしまうわ！」

シャルロットはその場で、人目も気にせず乱暴にドレスを脱ぎ始めた。

「乗馬服を。馬車では目立ってしまうので、馬で屋敷に戻るわ！」

「は、はい！　畏《かしこ》まりました」

女官は慌てて乗馬服の用意をしたのだった。

馬のいななきが小雨の降る真っ暗な夜空に響く。

「シャルロット様、お供の者を！」

シャルロットが馬に跨《またが》ると、すぐに城内から護衛の男が馬に乗って駆けてきた。

護衛の姿を確認すると、シャルロットはすぐに馬を走らせた。

ここから実家まではそんなに遠くない。サイラスが到着するよりも、シャルロットのほうが早く辿《たど》り着けるかもしれない。

王都の中心街を駆け抜けて郊外に出ると、シャルロットは後ろからついてくる護衛のもとまで馬を下げ、隣に並んで声をかけた。

「抜け道は屋敷から少し離れたところにあるの。入口を敵に発見されないように、違う場所で馬から下りるわね」

石畳が敷かれていない雨でぬかるんだ道を駆ける馬の蹄《ひづめ》の音が、二人の会話を阻《はば》む。シャルロットはできるだけ大きな声で話しかけた。

「その場所まで案内するわ。私についてきて！」

「わかりました！」

護衛が大きな声で返事をしたのを確認し、シャルロットは馬のスピードを上げた。

馬の荒い息遣いが鼓膜に響く。冷たい雨が頬に当たり、痛いほどだ。伯爵家の令嬢であるシャルロットがいくらお転婆《てんば》だといっても、馬に乗るには過酷な条件だった。それでも冷えきった躰を酷使し、馬を走らせ続ける。

手綱を持つ手が、次第に寒さで震えてくる。しかし、ここで落馬するわけにはいかない。手綱を離さないようにしっかり握り直し、気力で走った。ようやく前方に燃え盛る焔が見えてくる。シャルロットはそこから道を逸《そ》れて、森の中に入った。

「ここで馬から下りて」

シャルロットはそう言いながら、自分も木の陰で馬から下りた。

「抜け道の入口はもう少し行ったところにあるの。あなたはここで敵を見張っていて。敵が来たら私が入った入口から声をかけて」

馬を枝に繋《つな》ぎ、シャルロットはそのまま森の中を走った。すぐに小枝で上手に隠された井戸に辿り着く。

向こう側に目を遣《や》ると、森の木々の合間から、屋敷が赤々と燃えているのが見えた。それを背景に敵味方が戦っている。思わずシャルロットは目を逸らした。恐怖で足も竦《すく》み、前に進めなくなる。

……怖がらなくても大丈夫。もうすぐサイラスが援軍を率いてやってくるわ。そうしたら王弟軍なんてすぐにやっつけられるはずよ。何も怖がることはない。私、行かなきゃ！

シャルロットは自分を鼓舞し、勇気を出して目の前の小枝を払って井戸の蓋《ふた》を開け、その中に入った。

どうか、みんな無事でいて――！

井戸は、今はもう使われておらず、梯子《はしご》を下りていくと地下道に続いていた。この地下道は屋敷の地下にあるワイン倉庫に繋がっているのだ。

バーズリー伯爵家の人間は、この秘密の抜け道のことを、十五歳になると教えられる慣習となっていた。シャルロットも通例通り、十五歳の時に教えられていた。一切他言無用の秘密の抜け道だ。

シャルロットは持ってきたランタンに火をつけた。ボッという音と共に、淡い光が地下道を照らす。うっすらと地下道は煙《けむ》っていた。屋敷からの煙が地下道にも流れてきているのだろう。

スカーフで口を押さえると、シャルロットは急いでワイン倉庫へと走った。近づくにつれ、視界が煙で悪くなっていく。

みんな、もう逃げた後であってほしい――。

ワイン倉庫に続くドアを開ける。そこは煙が充満していた。

「っ……」

かなり熱い。地下までこんなに熱いとなると、上はかなり燃えているのが容易に想像できる。上の階に続く階段を上ろうとすると、敵の兵士らしい男が血を流して死んでいた。

「きゃっ！」

こんなところまで敵に攻め込まれていた証拠だ。

もしかして――！　お父様、お母様、マリエルッ！

シャルロットの階段を上る足が速まった時だった。階段の踊り場で乳母が倒れているのを見つけた。

「サシャ！」

シャルロットはすぐに駆けつけて、乳母のサシャを抱き起こした。脇から腰にかけて剣で斬《き》られた痕《あと》があり、大量の血が滲《にじ》んでいた。しかし、彼女が小さく呻《うめ》くのが聞こえ、シャルロットはもう一度声をかけた。

「サシャ！　目を開けて！」

「あ……シャ……シャル、ロット……さ……ま」

「よかった、サシャが無事で。もうすぐサイラスも来てくれるわ。頑張って」

「シャルロット様、ご主人様と奥様が、王弟軍に殺されました」

「っ！」

サシャの言葉にシャルロットの心臓が止まりそうになる。恐れていたことがとうとう現実になってしまった。

でもここで嘆く時間はない。心を鉄の扉に押し込めて、感情を極力抑える。

「マ……マリエルは？」

「生きておいでです。先ほど、ラルクがマリエル様と一緒に逃げることができました」

ラルクとは父の側近の騎士の一人の名前だ。彼がマリエルを守ってくれたようだ。

「よかった……。リーザは？　マリエルと一緒に逃げることができたのかしら？」

乳母の実の娘でシャルロットの侍女でもあるリーザのことも心配だった。

「あの子は……シャルロット様の身代わりになって、立派な最期を遂《と》げました」

「え？」

じっとサシャの顔を見つめると、彼女の瞳に光るものが見えた。

「背格好も似ておりましたので、王弟軍に急襲された折、シャルロット様のドレスを着て、敵の目を誤魔化《ごまか》すことに成功しました。それゆえ今、王弟軍が追っているのはマリエル様、お一人だけです」

「な……なんですって！」

思いもかけない事実を聞かされ、シャルロットは呆然とした。

「リーザもあなたのために死ぬことができて、幸せです」

「な、何を莫迦《ばか》なことを言ってるの！　そんなの幸せだなんて言わないわ！」

「いえ、そのままいたところで全員皆殺しは避けられませんでした。ご主人様と奥様が亡くなられたことでもおわかりになるかと思いますが、王弟軍の兵士が屋敷に火をかけ、一斉に襲撃してきたのです。躱《かわ》す時間もありませんでした」

「つ……」

シャルロットの口許《くちもと》からとうとう嗚咽《おえつ》が漏れる。こんなところで泣いている時間などないのに、心が悲しさに引《ひ》き摺《ず》られる。

「リーザにできることは、ここにあなたがいないことを敵に悟られないようにするくらいでした。そうしなくても、リーザは殺されていたでしょうから、少しでもあなたのためになれて幸せだったのです」

「なぜ……そんなことを……」

シャルロットが王城に匿《かくま》われていることは内密にされていた。それゆえ敵はシャルロットが実家の屋敷にいるのだと思い込んでいたのだろう。しかし、それがこんな形で返ってくるとは思ってもいなかった。

「私がこの屋敷にいれば……リーザは死ななくても済んだかもしれない……」

「いえ、シャルロット様がいらっしゃっても全員殺されていたでしょう。それが彼の残酷非道なところなのです……っ」

サシャがひどく咳《せ》き込《こ》む。地下へと続く階段の途中だが、上の階からの熱と煙がどんどんと流れ込んでくる。

「サシャ、ここも時間の問題だわ。とにかく脱出しましょう。摑まって」

「いえ、わたくしは無理です」

「そんなこと、やってみなきゃわからないわ！　さあ、摑まって」

シャルロットはサシャを起き上がらせると、横から支えて、今来た道を引き返した。

もう、サシャの話から屋敷には生きている人間はいなさそうだった。本当は屋敷中を自分の目で確かめたかったが、この火ではそれもできそうになかった。シャルロットは後ろ髪を引かれる思いで振り切った。

聞けばサシャもマリエルを逃すためにラルクと地下室へと来たところ、敵に斬られたらしい。

幸いなことにサシャの血は止まっていたので、もしかしたら深い傷ではないのかもしれない。

生きなきゃ……。無事にここを逃げなきゃ……！

シャルロットはサシャと一緒に抜け道を使って、どうにか外へと脱出することに成功した。

しかし出口付近で待機しているはずの護衛の姿がなかった。シャルロットの馬だけが木に繫がれている。しかも、剣戟の音も聞こえない。

この状況に、どこかしら尋常でないものを感じた。

何かあったに違いない――。

瞬時にシャルロットは辺りの様子に神経を尖《とが》らせた。

雨はもうやんでいた。

辺りに梟《ふくろう》の鳴き声が物悲しげに響く。

耳を澄ませば、木々の向こうで屋敷が焔に巻き込まれ、燃えている音が聞こえた。

ふと、梟の鳴き声が止まった。

嫌な風が吹く。

ガサガサと頭上から木の葉が揺れる音がした。

何か、来る――！

刹那《せつな》、ズサササッという激しく葉が擦《こす》れる音が耳を劈《つんざ》く。

「うはは！　こんなところに可愛いお嬢さんがいるぜっ！」

「サシャ、こっちへ！」

シャルロットの声が早いか、数人の男らが木から落ちてくるのが早いか、いきなり目の前に敵の兵士が現れた。

「っ！」

腰に手をやったが、シャルロットが持っているのは護身用の短剣だけだ。戦いには圧倒的に不利だった。

サイラス――！

シャルロットは知らず大切な人の名前を心の中で呼んだ。

「ほぉ、これはどこの令嬢だ？　身なりがかなりいいようだが？」

サシャがシャルロットを庇《かば》うようにして前に立つ。

「バーズリー伯爵令嬢の生き残っているほうじゃねぇか？　とっくに逃げたかと思っていたが、まだこんなところでうろうろしていたか」

シャルロットは男がふと視線を外した隙《すき》に、サシャの手を引っ張って屋敷とは反対のほうへ走った。森を抜けた先は崖《がけ》だ。下は海になっている。しかし、もしかしたらサイラスの小隊が森を抜けたところに到着していて、上手くいけば落ち合えるかもしれない。

一縷《いちる》の望みに賭《か》けるしかなかった。もうシャルロットにはそれしか道は残されていない。

追ってくる兵士の数が増えてくる。たぶん味方の兵は全滅したのだろう。

「シャルロット様、お手をお離しください。あなた様だけでもお逃げください」

「嫌よ、サシャ一人だけでも助けなければ、私がここに来た意味がないし、リーザに顔向けできないわ！」

「駄目です！」

きつくサシャに手を振り解かれる。彼女の手がシャルロットの手からすり抜けていった。

「サシャ！」

サシャが森の中で倒れる。しかし敵の兵士らは倒れたサシャなど見向きもせずにシャルロットを追ってきた。

彼らの目的は私だけなんだわ！

敵はシャルロットがマリエルだと思って追ってきているのだと、改めて気づいた。狙いはやはりバーズリー伯爵家の血筋の人間なのだろう。

どうにかして振り切らないと！

ぬかるんだ地面に何度も足を取られる。それでもそのたびに踏ん張って走り続けた。

森の向こうに黒い夜の海が見えてきた。雨雲も消え、空には所在なさげに三日月が浮かんでいた。しかしそこにはサイラスの姿も小隊の影もまったくなかった。

そんな——。

シャルロットは崖までやってきた。これ以上は逃げられない。左右どちらに逃げても、もうここまで追い詰められては無駄だ。真下を覗けば、遥《はる》か下のほうに海が見える。シャルロットは断崖《だんがい》絶壁の上に立っていた。

サイラス……。

こんな時になっても、思うのは愛する人のことだけだ。

ごめんなさい。消えたりしないってあなたに誓《ちか》ったのに——。

「もう逃げるのは諦めたのかい？　伯爵令嬢様よ」

兵士に囲まれる。シャルロットは護身用の剣を構えた。まったく抵抗せずに殺されるのは絶対嫌だった。

「そんな細腕で人が殺せるのか？」

鼻で笑われる。

「恨むならサイラス王の婚約者になった姉を恨むんだな。まあ、お前の父親が王弟殿に逆らったのもあるな。家族もろともあの世で恨み合えばいい」

男の剣が振り下ろされる。シャルロットは男の胸元をかいくぐり、腕を狙って渾身《こんしん》の力で短剣を突き刺した。

「ぐわあっ！」

男の叫び声が断崖に響く。

「このアマッ！」

男が悪魔のような形相で再び剣を振り下ろしてきた。シャルロットは逃げようと踵《きびす》を返す。しかし――。

ズサッ！

一瞬、背中に肉が裂けたような感覚を覚えた。

あっ――！

血飛沫《ちしぶき》がシャルロットの背中から飛び散る。猛烈な熱と痺れを感じた途端、激痛が背中を駆け上がり、全身が痛みで痙攣《けいれん》する。

サイラス――！

「ほら、あの世に行きなっ！」

「あっ……」

地面がぬかるんでいるせいで、足がずるりと滑った。そのまま視界に夜空が広がる。

落ちる――！

夜空に浮かぶ星々が急速に遠ざかる。無意識に手を伸ばしても、星に手が届くことはなかった。

サイラ……ス、愛しているわ――。

涙で霞む三日月が、最後にシャルロットが見た景色であった。

これを機に、王弟軍は国王軍に一網打尽にされ、一年続いた星月戦争は終わりを告げることになる。それはバーズリー伯爵家焼き討ち事件から、たった一ヶ月後のことだった。

第二章　運命の再会

海風が気持ちいい。滑らかな亜麻色の髪が、風に晒され靡《なび》く。シンシアは髪を掻き上げ、海原《うなばら》に響き渡るかもめの鳴く声に耳を傾けた。

こうやって浜辺を歩きながら、ふと思い出すのは、黒い海と空に浮ぶ三日月だ。医者が言うには失った記憶の一部で、過去に強烈に残った風景なのだろうと言われた。

記憶——。

シンシアには三年前からしか記憶がない。それより以前のことをまったく覚えていなかった。

シンシア・ダリ・ランセール。少し違和感を覚える自分の名前は、レダ王国の貴族、ランセール子爵家令嬢という肩書きを持っている。

名前がしっくりこないのは、自分が記憶を失っているせいだろう。

家族が教えてくれたのは、躰が弱くて地方で療養していたシンシアが、やっと都に戻ってきたところを暴漢に襲われ、ショックのあまり記憶を失ったという話だった。

背中にある剣で斬られた傷は、その時に負った大怪我《おおけが》によるものらしい。

「シンシア！」

名前を呼ばれ振り返る。そこには同じ亜麻色の髪をした兄、レガルが立っていた。

「お兄様……」

「まだ海辺は寒いだろう？　母上がアップルパイを焼いたから、食べに戻ろう」

「ええ」

シンシアが頷くと、レガルが自分のジャケットを脱いで肩にかけてくれる。昔も誰かがこんなことをしてくれたような気がした。

子供の頃から躰が弱かったのだから、きっと兄がこうやって気遣ってくれたことが何度もあったに違いない。既視感を覚えたのはそのせいだろう。

「お母様のアップルパイ大好きだから、早く戻って食べましょう」

シンシアは生まれてくる不安を払拭するべく、元気よく笑みを浮かべた。


レダ王国は、西側は大陸有数の平野、そして東側は穏やかな湾に挟まれた美しい国だ。温暖な気候と肥沃《ひよく》な土地のお陰で、実り豊かな国でもある。

湾を挟んだ向こう側には、三年前に内戦を終わらせ、復興に力を注いでいるアリストラル王国がある。

内戦の要因となった摂政の男は処刑され、戦いに勝利した国王は、民意を汲《く》んで善政を敷き、今や活気に満ち溢れた国へ変貌《へんぼう》を遂げていると聞いている。

レダ王国も近隣諸国と同じく、アリストラル王国を援助し、友好的な関係を結んでいた。

「今日のアップルパイは最高の出来だわ」

「母上はいつもそう言いますよ」

母が趣味のお菓子作りでも一番得意としているアップルパイをティールームのテーブルに持ってきた。

普段は使用人が給仕するのだが、母は自分で作ったお菓子だけは、こうやってテーブルに運んだりする。それも含めて楽しいらしい。

そういうところがまったく貴族らしくない母だが、優しく明るい母のことは大好きである。

「シンシア、切り分けてちょうだい」

「はい。わぁ……甘くていい匂《にお》い」

「いいりんごが手に入ったのよ」

母は少女のように嬉しそうに笑った。その隣でレガルがわざとらしく肩を竦めて、茶化す。

「まさか、母上、当分アップルパイ尽くし……ってことはないでしょうね」

「あら、レガルは不満なの？」

母の目に鋭い光が走る。途端、レガルが背筋を伸ばした。

「あ、いえ……」

「お母様、お兄様はきっと毎日いっぱい食べてくださるわ」

「シンシア、お前は母上の味方だな」

朗らかな笑い声がティールームに広がる。

「でもこのりんご、本当に美味《おい》しいわ。どこのりんごなのかしら」

シンシアの質問に、母が隅に控えていた使用人を呼んだ。

「どこのりんごだったかしら？」

「アリストラル王国のものでございます」

母の動きが止まった。しかしすぐにその場を取り繕うかのように笑顔を浮かべた。

「そうなの。アリストラルもいいりんごを作っているのね」

母はそれきり黙ってしまい、アップルパイを食べる手を止めてしまった。そのままカトラリーを脇に置き、紅茶を飲み始める。

母のアリストラル王国嫌いは今に始まったことではない。

詳しいことはシンシアも知らないが、家族は母にアリストラル王国のことを、なるべく話さないようにしている。

きっと何か嫌なことがあったのだわ……。

そう理解し、シンシアも母がいる時は、あえてアリストラル王国のことを話題にはしないようにしていた。

「そういえば、シンシア。ピアノ演奏者のザッケル氏は知っているよね？」

兄が重い空気を撥《は》ね除《の》けるように、明るい声で話しかけてきた。

「ええ、大好きなピアニストの一人よ」

シンシアはピアノ演奏するのも聴くのも大好きだ。記憶は失ってしまったが、ピアノの弾き方は覚えていて、今もよくピアノを弾いている。ピアノだけが過去の自分と今の自分を結びつけているように思え、余計好きになってしまった。

「ザッケル氏がどうかしたの？」

「明日開かれる友人のサロンに内密で演奏に来るらしい。シンシア、一緒に行くかい？」

「行く！　行きたいわ、お兄様、大好き！」

彼の生演奏が聴けるなんて夢のようだ。

「さっきは母上の味方をしたのに、調子がいいな」

兄が少し不服そうに言ってくる。

「ふふ、わかったわ。毎日アップルパイが出たら、お兄様の分、少し食べてあげるわ」

シンシアはそう言って、早速兄の皿の上に乗っているアップルパイを一欠片《ひとかけら》フォークで刺して、自分の口の中に入れた。

「まったく、レディなのに行儀が悪いぞ」

「お兄様相手なら、これくらい大丈夫よ」

軽くウィンクをすると、シンシアは自分のアップルパイにナイフを入れたのだった。

＊＊＊

翌日、シンシアは兄に連れられて、兄の友人のサロンに参加していた。

今、レダ王国の貴族の間では、身分に関係なく、各分野で才能のある人間同士が交流するサロンが大流行していた。

裕福な貴族が、才能はあるが資金のない若者のパトロンとなり、その才能を伸ばすために投資しているのだ。自分が援助している若者を世間に披露する意味でも、発表する場としてサロンが活用されていた。

今日ピアノを披露するザッケルも、その恩恵を受けた若者の一人だ。今でこそピアノで食べていけるが、小さな店を経営している商人の息子であった彼は、以前、ピアノを続けるための資金繰りに苦労していたらしい。

兄と二人でザッケルの演奏が始まるのを待ちつつ、庭で花を愛《め》でていると、兄を呼ぶ声がした。どうやら友人の一人らしい。

「シンシア、少しここで待っていてくれるか？　あいつに挨拶をしてくるよ」

「わかったわ。いってらっしゃい」

シンシアが手を振ると、兄も軽く手を振り返し、そのまま友人のところへと足早に行ってしまった。

「さっき見た睡蓮《すいれん》をもう一度、見てこようかしら」

庭に造られた池に、うっすらと桃色がかった綺麗な睡蓮がたくさん咲いていたのを、先ほど兄と見てきたのだ。

シンシアは飲み物を持ってきた使用人に兄への伝言を頼んで、睡蓮の池へと向かった。


エメラルドグリーンの小さな池に、白に近い薄い桃色の睡蓮がいくつも浮かんでいる。まるで鏡のような水面に映し出されたその花影も幻想的で、美しい一枚の絵画を観《み》ているようだ。

シンシアは橋の上から、可憐《かれん》な姿で咲く睡蓮を眺めていた。

池にはあめんぼうもおり、幾重《いくえ》にもなった丸い円が水面を揺らしている。薔薇園《ばらえん》などの華やかな美しさとは違う自然美に、シンシアはインスピレーションを刺激され、新しい曲ができそうな感じがした。なんとなしに鼻歌が漏れる。

その時だった。池に蛙《かえる》が飛び込む音がした。その音に、ふと我に返ると、シンシアの近くに一人の男性が立ち止まっているのに気づいた。

え――？

意志の強そうなきりっとした眉《まゆ》に、濃紺に近い理知的な青い瞳がシンシアを見据えている。

どこかで会ったことがあるような気がするわ……。

そう思っていると、向こうはシンシアの顔を見て、驚いたような表情をした。

「シャルロット……」

「え？」

ドクン――！

男性が口にした名前に、シンシアの心臓が大きく跳ね上がる。どうしてか胸を締めつけるような痛みも走った。

「な……」

痛む心臓を手で押さえる。意味はわからないが、『シャルロット』という誰かの名前がシンシアをひどく動揺させた。思わず橋の欄干《らんかん》に手をつくと、男性が支えてくれた。

「大丈夫ですか？」

「あ、はい。すみません、大丈夫です」

「失礼ですが、あなたのお名前をお聞きしてもいいですか？」

唐突に名前を聞かれる。顔を上げると、シンシアの視界に彼のきらきらと木漏《こも》れ日《び》に反射する金の髪が映った。この髪も見覚えがある。どこかで、毎日見ていたような、そんな曖昧《あいまい》な記憶が蘇《よみがえ》る。

「シンシアです。シンシア・ダリ・ランセールと申します。あな……」

シンシアが男性の名前を尋ねようとすると、背後から声がした。

「サイラス様！」

サイラスという名前にも心臓が逸《はや》る。どきどきと大きな音を立て、まるで何かに追い詰められているような気にさえなった。怖くて、それでいて切なくて、涙が出そうになる。

何かしら、この感覚は――。

「申し訳ない。連れが呼びに来たようです。足を滑らせると危ないですから、お気をつけください。では」

サイラスと呼ばれた青年は、そのまま橋を渡って、屋敷のほうへと歩いていった。

思わず後ろ姿に声をかけたくなる。しかし呼び止めて何をしたいのか自分でもわからず、声をかけるのをやめた。

私、一体、何をしようとしているの？

自分自身に問いかける。しかし何も答えは返ってこなかった。

ただ、その名前に聞き覚えがあるような気がした。

サイラス様——。

そういえば隣の国の国王と同じ名前だわ。だから聞き覚えがあるのかしら。それとも、療養していた時に出会ったのかしら……。向こうも私のことを知っていたような感じだったし……。いえ、違うわ。そういえば『シャルロット』って呼んでいたわ。あの人、私のことを誰かと勘違いしたんだわ。じゃあ、やっぱり私の思い違いの可能性が高いわね……。

そう思い至って、少しだけがっかりした。何か縁がある人かもしれないと、いつの間にか期待してしまったようだ。

「シンシア、どこだい？　もうすぐ演奏が始まるよ」

兄の声が聞こえてきた。さっきのサイラスという青年も演奏が始まるから呼ばれたのかもしれない。

もしかして今からまた会えるかしら……。

途端、シンシアの気持ちが浮上する。

「シンシア、そんなところにいたのかい。聞こえていたら、返事をしてくれよ」

「お兄様、ごめんなさい。ちょっと考え事をしていて、返事をしそびれてしまったの」

「まったく、どうせ曲でも考えていたんだろう？　さあ、早く行こう」

「ええ、お兄様、早く行きましょう」

シンシアは兄の腕に自分の腕を絡ませると、兄を引っ張るようにして、急いで会場へと戻ったのだった。

ピアノが演奏される部屋にはすでに大勢の人が集まっていた。中央には白いグランドピアノが置いてあり、ザッケルは主催者である兄の友人と談笑していた。どうにか間に合ったようだ。

シンシアは兄と二人で、空いている席に座った。するとグランドピアノを挟んで向こう側の席に、先ほどの男性が座っているのに気づいた。

サイラス、様……だわ。

さっき耳にしたばかりの彼の名前を心の中で呟く。すると酷く懐かしい感じがする思いがシンシアの胸に湧き起こってくる。同時に胸がジンと切なく疼いた。

「お兄様、正面に座っている金髪の男性の方はどなたかしら？」

シンシアは隣に座る兄に尋ねた。兄なら知っているかもしれない。

「どの人だい？　ああ、あの男性か。うーん、見たことのない顔だな。この国の人間じゃないかもしれないな」

この国の人間じゃない……。

ふと、彼はアリストラル王国の人じゃないかと、根拠なく思ってしまう。

彼に視線を戻すと、彼と目が合う。彼もシンシアに気づいて、ずっとこちらを見ていたようだ。びっくりして視線を外す。

どうしたのかしら。なんだか胸がどきどきする……。

向こう側に座る彼をもう一度見る勇気がない。

でも……たまたま目が合っただけかもしれないわ。私もちょっと自意識過剰よね。

そう思っていると、一斉に拍手が湧き起こった。グランドピアノのほうを見ると、ザッケルが今から演奏をしようとしているところだった。

再びシンシアはサイラスをちらりと見遣った。また彼と視線がぶつかる。

え――？

じっとこちらを見つめてくる彼の瞳は、秘めたる力を持っていた。その力に囚《とら》われたのか、今度は目を逸らすことができなかった。

あなたは誰？　どうして私を見るの？

次第に彼の瞳に熱が加わってきたような気がした。その熱がシンシアにまで伝わってきて、胸を痺れさせる。

シンシアが動揺しているうちに、ピアノの演奏が始まった。いつもなら聴き入ってしまうはずなのに、彼の熱から逃れられず、気もそぞろになってしまう。

流れてくるのは、柔らかなメヌエットだった。軽やかにに鍵盤《けんばん》を操るザッケルの指先が奏《かな》でるのは、その中でも珠玉の名曲だ。それなのに、シンシアの心はまったくピアノに靡かなかった。すべての神経がサイラスへと向けられる。

彼もまたピアノを聴く様子もなく、シンシアの視線を熱の籠《こ》もった瞳で受け止めていた。

シンシアの鼓動がとくんとくんと甘い音色を生み出す。

どうしよう、胸がおかしくなりそうだわ……。

視線を外したくとも、彼の射《い》るような視線から逃れられない。心までからめとられそうだ。

サイラス……一体、この人は何者なの？

今にも話しかけられそうな雰囲気なのに、二人の間には演奏者や、またそれを取り囲む人の目がある。気安く話ができる感じではなかった。

結局、ピアノリサイタルの間、二人はただずっと見つめ合っているだけで終わったのだった。

⚜ 第三章　舞踏会に揺れて

海の見えるテラスで、シンシアがお茶を飲みながら譜面《ふめん》を書いていると、レガルが声をかけてきた。

「どうしたんだい？　シンシア。ピアノの演奏会から帰ってきてから、ずっとぼんやりしているね」

「……お兄様」

「ザッケル氏のピアノが刺激になったかい？」

「……ええ、そうね」

兄にはサイラスのことを黙っていた。根拠はないが、どうしてか彼が隣のアリストラル王国の人間だと感じたからだ。

母がアリストラル王国のことを嫌悪しているせいか、父も兄もかの国のことを進んで口にしようとしないのは、以前からシンシアにもわかっていることだ。

それゆえ彼のことを家族にはあまり言えないと思ったのだ。本当に彼がアリストラル王国の人間だったら、後で気まずい思いをするのは目に見えている。

「それにしては曲作りは進んでいないようだが？」

レガルがシンシアの譜面を覗き込んできた。兄が言う通り、作曲はまったく進んでいない。

数日前に出かけたサロンで、池に浮かんだ睡蓮を見て、すぐに曲ができると思ったのだが、その時に出会ったサイラスのことが強烈に印象に残り、曲作りどころではなくなってしまったのが、本当のところだ。

頭の中を占めるのは彼のことばかり。

「気晴らしになる招待状が届いているんだが、シンシア、一緒に行くかい？」

兄が悪戯《いたずら》っぽく尋ねてくる。

「気晴らしになる招待状？」

兄は懐《ふところ》から蠟《ろう》できちんと封印をした封筒を取り出すと、シンシアの前に差し出した。

「まあ、シンシアも正式に招待されているんだけどね」

蠟の上に押されている印は、この国、レダ王国の国王のものだ。

「え!?　王様から？」

国王から招待などされたことのないシンシアは驚いて、兄の顔を見上げた。

「裏情報によると、極秘に王子の花嫁選びがされるらしい。かなり大規模な舞踏会になるはずだ」

「舞踏会！」

女性なら一度は憧《あこが》れる王城での舞踏会。シンシアももちろん例外ではない。

「シンシアが王子の花嫁になることはまずないと思うけどね」

「酷《ひど》いわ、お兄様。本当のことだからって、そんなふうに言われると、傷つくわ」

「悪い、悪い。それで、どうだい？　行くかい？」

「行きたいに決まっているわ。王様の舞踏会なんて、みんなが憧れているのよ！」

「じゃあ、ドレスを新調しないとまずいな。早速、母上に頼もう」

「嬉しい！」

シンシアは兄に抱きついた。すぐにレガルの大きな手がシンシアの頭を撫《な》でてくれる。

「そうやって喜ぶお前の姿を見るのが、私にとって一番の幸せだよ」

「お兄様」

優しい兄にさらに強くしがみつく。

「愛しているよ、シンシア」

「私もよ、お兄様」

シンシアは心から幸せを噛み締めた。

その一週間後、シンシアは兄と共に、舞踏会に出席するため登城した。

主催者である国王へ挨拶を済ませた後、招待された貴族たちは、舞踏会が開かれる大広間へと場所を移動する。

光沢のある質のいい生地の衣装を着た紳士や、令嬢方のきらびやかな宝飾、ひらめくドレスに、思わず目を見張る。

天井や壁には有名な芸術家による見事なレリーフが施され、まるで美術館のようでもある。さらにその豪奢な天井から吊り下げられた瀟洒《しょうしゃ》なシャンデリアは、クリスタルガラスで作られているらしく、きらきらと輝いていた。

華やかな大広間は、まるで昼間のように明るく照らされ、綺麗に着飾った招待客をますます美しく見せている。

こんなに豪華な舞踏会は初めてのシンシアは、一歩足を踏み入れただけで、緊張のあまり足が震えてきた。

「すごいわ……気後《きおく》れしちゃう」

「大丈夫だよ、シンシア。私がいる。ほら、背筋を真っ直ぐ伸ばして」

兄に注意され、シンシアは姿勢を正して、大広間を進む。

すると女性たちがざわめくのに気づく。みんな、広間の奥にいる王子と、その隣に座る男性に視線を向けていた。

あれは――！

王子の隣に座っているのは、先日サロンで出会った彼だった。

サイラス様――！

兄も彼に気づいたようで、シンシアに小声で話しかけてきた。

「先日サロンで会った彼だね。へえ……国王と親交のある人物なんだ」

「ええ……」

ここで出会ったことに大きな驚きを覚えるが、彼が本当は、シンシアごときにはとても声をかけられない人物かもしれないことに、ショックを受ける。すると周囲にいた女性たちの会話が耳に入ってきた。

「レダ王国の美丈夫で名高いキルダーク王子と並んでも、見劣りしないほどのハンサムですわね」

「さすがはアリストラル王国の若き王、サイラス陛下ですわ。御国では国民に大層慕われているとか」

アリストラル王国の若き王――！

シンシアは耳を疑いたくなった。同時に恐縮する。

私、いくら知らなかったとはいえ、先日のサロンでは、彼のことを不躾《ぶしつけ》にじろじろと見てしまったわ……。

あの時、確かに隣の国王と同じ名前だとは気づいたが、まさか国王本人だったとは思いも寄らなかった。まず、隣の国の国王が一貴族の、しかも他国のサロンに紛れているなんて、普通では考えられないことだった。

「三年前の内戦も、自ら陣頭指揮をとられて、大活躍されたとか」

若い女性の一人が扇《おうぎ》を口許に当てて話しているが、彼女のすぐ後ろに立っているシンシアには丸聞こえだった。

「まあ、よくご存知ね」

もう一人の女性が、彼女の情報に目を丸くして応《こた》えると、気をよくしたのか、さらにまた言葉を続ける。

「今夜、主賓《しゆひん》として招待されていることを、先に耳に入れて、いろいろと調べてきましたのよ。もしかしたら、お話しする機会もあるかもしれませんでしょう？」

ふふっと小さく笑いながら、女性は自慢げに話す。

「まあ、抜け目ありませんことね。もしかして一人で抜けがけなさるおつもりですの？」

「だって、サイラス陛下、まだご結婚されていませんでしょう？　内戦で婚約者を亡くされて悲しみに暮れているとか。でも噂《うわさ》によると、そろそろお妃《きさき》選びをされるご準備をされているって、聞きましてよ」

「あなた、お妃様の座を狙っていらっしゃるの？」

呆《あき》れたような声で女性が少し大きめに声を出す。するともう一人の女性は人差し指を唇の前で立てて「しっ」と言った。された女性のほうは慌てて手にしていた扇で口許を覆う。

「今夜参加している女性方はみんな、少なくとも王妃の座を意識しているわ。少しでも有利になるよう何事も準備することにこしたことないでしょう？　今夜もキルダーク王子の花嫁選びなどと言われているけど、ご親友でもあるサイラス陛下の花嫁選びも兼ねているという噂を耳にしましてよ」

「まあ、私、ドレスをもう少し派手なものにすればよかったわ！」

悔しそうにもう一人の女性が言うのを聞いて、シンシアもつい自分のドレスを見てしまった。

この日のために急いで新調したドレスは、淡いパステルブルーの生地に、細かな花模様を白糸で刺繍《ししゅう》したものだ。光の加減によってはパールのように刺繍の部分が淡く光って見えるつくりになっている。

シンシアは背中に三年前に負った傷痕があるので、デコルテの部分を大きく出すことはせず、首元の締まった清楚《せいそ》な感じの襟元にしていた。胸元と袖口《そでぐち》を、花をモチーフにしたレースで縁《ふち》取り、ネックレスとヘッドドレスにはパールをあしらっている。全体的に淡いトーンで上品に仕上げていた。

これでは目立たないわよね……。でも、目立ったところで、どうしようもないんだけど。

前で盛り上がっている女性たちを見て、シンシアは小さく溜息《ためいき》をついた。

別にサイラスに見つけて欲しかったわけではないが、少しだけ落ち込んでしまう。

彼のことが気になっていたのは、自分だけだと、どこかで勘違いしていたからだ。あんなにかっこよければ、他の女性だって彼のことが気になるはずだ。それを失念していた。

……サイラス陛下に何か縁があるような気がしていたけど、そうじゃなかったんだわ。サロンで見つめ合っていたのは、私がきっと彼の知っている人に似ていたからだわ。ただそれだけだったに違いない。それを私ったら勘違いして……。

自分の思い込みの激しさに恥ずかしくなって頰が熱くなる。シンシアが自分の頰を両手で包んでいると、楽団の生演奏が始まる。いよいよ舞踏会だ。

「シンシア、踊ろうか。兄がダンスの相手では不服かもしれないが」

「そんなことないわ。お兄様だって、ご婦人方に人気があるのは知っているわ。今夜はきっと私、羨望《せんぼう》の的になるわ」

「お世辞はいいよ。さあ」

シンシアはレガルが差し伸べた手を取ると、二人で大広間の中央近くへと行き、すでに踊り始めている客に交じって、音楽に合わせワルツを踊り始めた。

「レガル様だわ。相変わらず妹君のシンシア様のことを溺愛《できあい》されているのね。今夜もどなたといらっしゃるのかと思っていたけど、やはりシンシア様だったわ」

そんな声がシンシアの耳にも届く。お世辞ではなく、兄も令嬢方に人気なのだ。さすがに今夜一晩中シンシアが兄を一人占めしていたら、後で令嬢方から何か嫌みでも言われそうなので、早々に兄を解放しようと思っている。

兄のリードで軽やかなステップを踏む。ワルツのリズムに合わせ、シンシアはドレスの裾《すそ》をひらめかせた。

他の令嬢方のドレスもターンに合わせ綺麗に広がり、ホールを華やかに彩る。

動くたびに身につけている宝飾品もシャンデリアに照らされてきらきらと光るので、まるで宝石箱の中にでもいるようだ。

「夢のようだわ」

「よかったな」

シンシアは贅沢《ぜいたく》な舞踏会に心を躍らせた。三年前より以前の記憶を失っているせいか、いつも心のどこかがぽっかり空いているような不安な気持ちがしていたのが、幸せで埋められていくようだ。

今もこんなに幸せなのは、お兄様やお父様、お母様のお陰だわ……。

記憶を失ったシンシアをずっと励まし続けてくれているのは傍にいる家族だ。こうやって気晴らしをさせてくれる心遣いに感謝してもしきれない。家族のためにも早く記憶を取り戻して、恩返しをしたい。

改めてそう思いながら踊っていると、曲が終わる。兄ともう一曲踊るつもりで構えているところに、声がかかった。

「申し訳ない。ダンスの相手を一曲お願いできないだろうか？」

「え？」

声のしたほうに顔を向けると、そこにはアリストラル王国の国王、サイラスが立っていた。

「しばし、レディをお貸しくださらないか？」

今度はレガルに向かってサイラスが声をかける。さすがに一国の王の願いを撥ね除けることは難しいが、レガルはできるだけ丁寧に断った。

「妹は人見知りで、とてもサイラス陛下と踊るようなことは……」

すると、サイラスはレガルに優雅な笑みを向けた。

「私も人見知りで、今夜は勇気を出して、声をかけさせていただいた。ぜひ、妹君と一曲を踊らせてください」

「陛下ともあろう方が人見知りなどと、ありえないことをおっしゃらないでください」

シンシアを挟んで、二人の間に目に見えない火花が散っているように思えた。

これ以上、サイラス国王の兄に対する、いや、ランセール子爵家に対する印象が悪くなっては、いろいろと社交界でのつき合いに響く。

シンシアは二人のやり取りを、ただはらはらと見ていることに耐えられず、二人の会話に口を挟んでしまった。

「あの、私でよろしければ、一曲だけでしたら……」

「シンシア!?」

兄の驚く声が響く隣で、サイラスが嬉しそうに笑った。

「ええ、こちらから無理やりお願いするのですから、一曲で構いません。レディ、ぜひ」

サイラスが片膝《かたひざ》を折って、シンシアに手を差し伸べてくる。シンシアはその手を取った。

視界の端では兄が心配そうに見つめているのがわかったが、あえて兄を見ないようにして、サイラスと広間の中央へと歩く。

ごめんなさい、お兄様。私……やっぱりサイラス陛下とお話ししてみたいの。

ちらりと兄に視線を送って心の中で謝る。

どうしてもサイラスに惹《ひ》かれてしまう自分がいる。彼の姿を見るたびに、甘酸っぱくて切ない思いが胸を騒がせる。

この思いは恋なのか、それとも別の何かなのか——。彼と話す機会を得れば、はっきりわかるかもしれない。

広間は小さなざわめきが起こっていた。サイラスが一人の女性にダンスを申し込んだため、みんなが噂をし始めたのだ。一斉に注目を浴びる。

「あ……あの、陛下」

「サイラスでいいよ。陛下なんて仰々《ぎょうぎょう》しいからね」

「じゃあ、サイラス様？」

そう呼ぶと、サイラスが驚いた顔で見つめ返してきた。

さすがにすぐに呼び方を変えたのは馴《な》れ馴《な》れしかったのかもしれない。

「申し訳ありません。遠慮なく呼んでしまって……」

シンシアが恐縮して謝ると、サイラスが慌てて訂正してきた。

「いや、違う。こちらこそ申し訳ない。私が驚いたのは、私の知っている女性と呼び方がそっくりだったからなんだよ。それこそ今の呼び方をしてもらえたほうが嬉しい」

知っている女性……。もしかしてシャルロットという女性のことかしら……。

サロンで間違えられた名前を思い出す。シンシアの記憶に、どうしてか深く浸透する名前だ。

サイラスを見つめていると、音楽が始まる。同時にサイラスの手がシンシアの腰に回り、リードしてくれる。

兄のリードも上手いが、サイラスも上手く、シンシアまでもが軽やかなステップでワルツを踊れてしまう。

「シンシア、君は昔の記憶を失っているそうだね」

唐突にサイラスが尋ねてきた。

「あ、はい。正確には三年前からしか記憶がないんです」

「生活など不便はないのかな？」

「ええ、家族が助けてくれるので、それほど不便は感じません」

「そうだね、君の兄上など、まあ、少し過保護を通り越しているようだしね」

そう言いながら、サイラスはレガルが立っている場所をちらりと見る。シンシアもサイラスに釣られて兄を見た。

兄は腕組みをして、シンシアたちを睨《にら》んでいる。

「先ほどは本当に失礼を……。兄は心配性で、私が記憶を失ってから、何かあってはいけないと、できるだけ傍にいてくれるんです」

「それだけではないような気もするが？」

「え？」

「いや、なんでもない。なるほど、優しい兄上なのだね」

そのまま受け取っていいのか迷うニュアンスだ。シンシアは言葉に困り、曖昧に笑って応えた。するとサイラスは何事もなかったかのように、話題を元に戻してきた。

「三年前、どうして記憶を失うことに？」

彼はシンシアの記憶喪失に興味があるらしい。きっと周囲にそういう人間がいないから珍しいのだろう。

シンシアはそう思い、説明できる限り、サイラスに話した。

「三年前まで私は躰が弱くて、社交界にも出られず地方で療養していたのですが、この王都に帰ってきてすぐに暴漢に襲われ、九死に一生を得たらしいんです。そのときのショックで記憶を失ってしまったようだと医者からは説明されています」

「暴漢？」

「三年前、王都では暴漢が強盗目的で貴族を狙う事件が多発していたそうなんです。私もその被害に遭ったと聞いております」

サイラスの表情が歪む。彼の青い瞳が俄《にわ》かに揺れたのがシンシアに見て取れた。

「怖かっただろう？　それなのに、辛いことを聞いてしまってすまない」

「いいえ、襲われた時の記憶は失ってしまったので、怖いとかそういう感情はあまりないので、大丈夫です」

シンシアはサイラスを安心させるために笑って答えた。するとサイラスが真剣な面持ちで尋ねてきた。

「何かアリストラル王国に関係しているとか、ないのだろうか？」

「アリストラル王国に？」

そういえば三年前といえば、アリストラル王国が一年の内戦を経て平和を勝ち取った年だったはずだ。その時、追われた暴徒がアリストラル王国から流れてきたのかもしれないと懸念でもしているのだろうか。

「いえ、そうとは聞いておりません」

「……そうか」

サイラスの表情には落胆の色が見える。なぜそんなにがっかりしているのか、聞いてみたくなる。しかしシンシアが尋ねる前に、サイラスが質問を続けた。

「アリストラル王国に来たことは？」

質問攻めに少々驚きながらも、シンシアは正直に答えた。

「いえ、一度も」

「記憶を失う前も？」

「ええ、ないと思います」

母は大のアリストラル王国嫌いだ。あの母がアリストラル王国に自分はもちろん、家族を行かせるとは思えない。

「そうか……。いや、つまらないことを聞いて悪かったね。ついでだからもう一つ尋ねたいんだけど、いいかな？」

「あ、はい」

「――君はピアノが好きかい？　弾いたりするのかな？」

今までとはまったく違う質問をされる。この質問をする彼の意図がよくわからないが、ピアノサロンで出会ったのだから、そう思われるのは当然かもしれない。でも、何か意味がありそうで、ちょっとだけドキリとする。

もしかして私の失った記憶のことを何か知っているのかしら――？

そう思いたくなるような雰囲気だった。

「ええ、その通りですが……」

その返答に、どうしてかサイラスの躰がぴくりと動く。今までとは明らかに違う表情に、シンシアのほうこそ驚き、ステップを間違えてサイラスの足を踏んでしまった。

「あっ！　ごめんなさい！」

「これくらい大丈夫だよ。妹たちにはいつももっと踏まれているから、慣れているよ」

「妹様がいらっしゃるんですね」

シンシアの声に、サイラスは穏やかに笑みを浮かべた。そのまま妹の話をするかと思ったが、すぐにピアノの話に戻される。

「それで、君は作曲をするのかな？」

よほどピアノの話に興味があるのだろうか。よくわからない。

「ええ、昔から趣味程度ですが、少しだけ作曲もしています」

「昔から？　どうして昔からって知っているんだい？　君は三年以上前の記憶がないんじゃないのかい？」

「え？」

どこか必死な感じさえ受ける。そんなはずはないのに。

「……サイラス様？」

「その声で名前を呼ばれると、君を無性に抱き締めたくなる――」

ひどく切なげに見つめられた。昔、こんな瞳で見つめられたような既視感が、シンシアの中で蘇る。

「シンシア……君は一体誰なんだ？」

私は一体、誰――？

ふと、誰かのために曲を作っていた記憶がぼんやりと浮かび上がる。とてもそれが楽しくて、その曲を聴いてくれることが嬉しかった。

あれはいつ――？

思い出せない。この三年のうちに、兄に弾いて聴かせていた記憶が、過去の記憶に上塗りされたかのように、綺麗に覆《おお》い被《かぶ》さっている。

「昔を少しは覚えているのかい？」

腰を支えてくれているサイラスの手の力が、強くなるのをシンシアは感じた。

何か、彼にとって大切なことが絡んでいるに違いないと思わせる力があった。それならば、いい加減に答えていてはいけない。シンシアはきちんと説明することにした。

「あ、あの……。昔からと言ったのは、ピアノだけは記憶がなくなっても弾けたからなんです。三年前、無意識にたぶん過去に自分が作曲したであろうという曲も弾いたので、ピアノだけは記憶とは別で、躰が覚えていたようでした。私自身もピアノを弾くという動作から、自分の失った過去を手繰《たぐ》り寄《よ》せているという感じなので、本当にそれ以外のことは、まだ思い出せない状態なんです」

サイラスは一言一句聞き漏らさないように、真剣にシンシアの話に耳を傾けていた。それこそワルツのステップが疎《おろそ》かになり、人とぶつかりそうになったくらいだ。

しかしシンシアの話を聞き終えてしばらくした後、サイラスは力なく笑った。

「すまない。いろいろと自分の都合のいい夢を見たくて、しつこく聞いてしまったね」

自分の都合のいい夢？

それがなんなのか、シンシアは疑問に思ったが、一国の王に対して聞ける勇気はなかった。

「いえ、そんな……」

「また君の話を聞かせてくれるかい？」

ワルツの曲がそろそろ終わる。こうやって彼と話ができる時間も終わりに近づいていることを意味している。

「ええ、喜んで」

音楽に合わせ、ふわりとターンをする。話をしていたために、彼とのワルツを堪能できなかったのが心残りだ。

彼を見上げると、サイラスもまたシンシアを熱の籠もった瞳で見つめていた。お互い見つめ合ったままワルツのリズムに合わせ、くるくると回る。

あともう少しでワルツの曲が終わる。

このまま曲が終わらないでくれたらいいのに――。

願わずにはいられない。しかし無情にも楽団の演奏する曲が終わった。紳士淑女がそれぞれ互いに頭を下げ挨拶をし、ワルツを終わらせる。

シンシアも名残《なごり》惜しくはあるが、他の客と同様、ドレスの裾を指先で持ち上げ、頭を下げた。

「シンシア、もういっ……」

サイラスが話しかけてきた時だった。脇から数人の貴族の男性が寄ってきた。どの男性も妙齢の娘を連れてきている。

「サイラス陛下、次はわたくしの娘と踊っていただけませんか？」

「ああ、わたくしの娘とも！」

「わたくしの娘たちもお願いします」

そう告げた男の視線の先を辿ると、何人もの令嬢が目を輝かせて立っている。どうやらサイラスがシンシアと踊ったことで、無礼講だと思ったらしい。自分たちの娘にも踊るチャンスがあると感じたようだ。

押しの強い父親たちに、サイラスも押され気味で、この国の王子、親友のキルダークの名前を出して、逃れようとしていた。

「申し訳ない。キルダークをあまり放っておいても彼が退屈だろうから、一度席に戻るよ」

「では、後で踊ってくださいますか？」

「ええ、後で。ではこれで失礼するよ。シンシア、ダンスの相手をありがとう」

サイラスはそう言うと、奥の席へと早々に戻っていった。

もしかしてこの人たちが来なかったら、もう一曲、踊ってくださったのかしら……。

つい、そんなことを考えてしまう。

シンシアは次の曲が始まる前に、ダンスの輪から外れた。壁際まで歩いて一息つくと、今さらのように自分の手や膝がガクガクと震えだした。とても緊張していたようだ。

ちょっと外で休憩したほうがいいかしら……。

大広間からロビーへ出たところに、休憩用のカウチがいくつか置いてあったのを思い出す。

シンシアは休憩することを兄に伝えようと、辺りを見回した。すぐに兄を見つけたが、やはり兄も多くの女性に囲まれてダンスの相手をねだられているようだった。

普通は男性から女性にダンスの相手を申し出るのだが、兄に関しては逆だ。いつも妹であるシンシアのお守《も》りばかりをしているのもあって、滅多に女性にダンスを申し込むことはない。そのため女性陣のほうが痺れを切らせて迫ってくるほうが多くなった。

お兄様、もてるのに、いつも私の面倒ばかり見ているから、恋人ができないのよね……。

今日くらいはお兄様を解放して差し上げなきゃ。

シンシアなりの心遣いで、兄に声をかけず、休憩をするために大広間を出た。ロビーではすでに何人かがカウチに座り、談笑していた。

ふとドアの開いている部屋に視線が行った。中にグランドピアノが置いてある。それは舞踏会に飽きてしまった招待客に用意されているものの一つだった。他にもカードゲームができる部屋や、ショットバーのような酒が飲める部屋なども用意されている。

シンシアはグランドピアノの部屋へと入った。

わあ……これ、名器と言われている幻のピアノ！　さすがは王城にあるピアノだわ！

舞踏会が始まったばかりでもあるので、まだ誰もいない。今なら好きなだけ弾ける。

シンシアはドアを閉めると、すぐに鍵盤の上に指を置いた。ポーンという深くまろみのある音が響く。

なんて素敵な音なの！

我慢できずに、シンシアはすぐに椅子に座って、ピアノを弾き始めたのだった。

＊＊＊

サイラスがシンシアとのダンスを終え、他の女性から逃げるようにキルダークのもとへ戻ってくると、彼がニヤついた顔で声をかけてきた。

「やあ、サイラス、お帰り。どうだった？」

なんとなくその表情が気に食わず、サイラスは憮然《ぶぜん》として答えた。

「……シャルロットかもしれない」

サイラスは一言だけ告げ、ぞんざいな態度でキルダークの隣に座った。

今宵《こよい》の舞踏会は、実はサイラスがシンシアと接触できるように、キルダークが一肌脱いでくれたものだった。

彼自身も父王から花嫁候補を探せとうるさく言われていたのもあり、どうせなら、花嫁選びにかこつけて、ランセール子爵令嬢にも招待状を出そう、そして、サイラスと話せる機会を作り、真偽を確かめようということになったのだ。

そもそもこの国に来たのは、知人のサロンにシャルロットが大好きだったピアニストが来ると聞いたからだ。それでサイラスは居《い》ても立ってもいられず、外遊を渋る大臣たちを説き伏せて、レダ王国までプライベートでやってきた。

理由は簡単だった。決して死んでいるはずがない、行方《ゆくえ》不明のシャルロットが、大好きなピアニストの演奏を聴くために、どこからか現れるかもしれないと思ったからだ。

そして奇跡は起きた。そこに本当にシャルロットが現れたのだ。

彼女の名前はシャルロットではなく、シンシアと言った。他人の空似で、どうやらまったく別人のようだ。

しかし諦めきれないサイラスは、シンシアと出会って以来、また会える機会を得たいと思っていた。そこにキルダークの花嫁選びの話が持ち上がり、それに便乗させてもらうことにしたのだ。

サイラスの心には、一つの疑念が生まれており、それが払拭できない。

シンシアという女性は、実はシャルロットなのではないか――。

どうしても疑ってしまいたくなる。シャルロットの死体と思われるものは、確かに焼け跡から見つかってはいたが、それが本当にシャルロットかどうか決定的な証拠がなかったのが大きな一因だろう。だからこそ、今もどこかで彼女が生きているような気がしてならず、そして諦めきれないでいる。

彼女が消えてしまってから、時にはどこかで期待し、そして時には悲しみに打ちひしがれ、サイラスの心臓はずっと爪《つめ》を立てられ引き裂かれたままだ。

このまま心臓が血を流し続ければ、サイラスの心はそれほど遠くないうちに、死んでしまうのは目に見えていた。

もう彼女の声を耳にしなくなって三年。サイラスは己の心の限界を感じ取っていた――。

彼女のことは、聞いた名前から、すぐにレダ王国の子爵、ランセールの令嬢であると調べがついた。しかし一国の王であるサイラスが、突然ランセール家に行くわけにはいかない。

それで親友でもあるキルダークの力を借りたのだった。

「サイラス、もし君の勘が当たったとして、シンシア嬢がシャルロット嬢だとしたら、どうやって入れ替わったんだ？　それに本物のシンシア嬢はどこに行ったんだ？」

「わからない。だが、彼女はシャルロットだ」

自分の願望かもしれない。しかしサイラスは自分の勘を信じたかった。

そんなサイラスの信念を感じたのか、キルダークが小さく息をつくと、話を続けてきた。

「私もシンシア嬢のことを調べてみたが、彼女は子供の頃から病弱で、地方で療養中だったようだ。三年前に医者から許可を貰《もら》い、この王都に戻ってきたが、そのとき暴漢に襲われて大怪我をし、記憶を失ったようだな」

「ああ、それについては彼女から大体は聞いた」

「彼女は子爵家の令嬢、シンシアとして、生まれた時に出生届も出ている。彼女はきちんと存在している人物だ。どこからか突然現れたわけじゃない。サイラス、君には悪いが、彼女がシャルロット嬢であるという確証は、どこにもない」

きっぱりと言い切られ、サイラスは唇をきつく結んだ。

友人であるキルダークが、早くシャルロットを諦めさせ、立ち直らせようとしてくれているのは、よくわかっている。だが、頭でわかっていても、心がそれを認めたくなかった。

あの時――。

あの時、ほんの少しでも早くバーズリー伯爵家に到着していたら。シャルロットが実家へ様子を見に行ったという知らせを、もっと早く受け取っていたら。もし、叔父の逮捕を優先せずに伯爵家に直行していたら――、彼女を助けることができたかもしれない。

仮定ならいくつでも生まれてくる。しかしそれはすべて悔いから生まれる負のスパイラルだ。彼女を助けられなかったという結果は変えることはできない。

それでも何度もまた考えてしまう。一つだけでも実行していたら、すべてが変わっていたかもしれないと思うと、考えずにはいられなかった。

三年前のあの日に、サイラスの心は囚われたままだった。

＊＊＊

今から三年前、あの夜――。

城からの早馬の伝達で、シャルロットの実家、バーズリー伯爵家が叔父の軍によって焼き討ちに遭ったと知ったのは、サイラスが陣営での作戦会議を終え、小雨の中、近衛の小隊を引き連れて城へと戻る途中だった。

すぐさまバーズリー伯爵家に向かい、残党だけでも討伐《とうばつ》しようとした。しかしその時だった。サイラスの目の前を敵の小隊が横切った。

小雨が降っていたこともあり、視界も悪かった。向こうもサイラスの小隊に気づいていなかったようで、迂闊《うかつ》にも姿を現したのだ。

そして目を凝らしてみると、小隊の真ん中に叔父らしき人物がいた。正確に言えば、小隊というよりは、全員護衛らしき兵士ばかりで、叔父であるワゼフの周囲を固めている状態だった。

バーズリー伯爵家を焼き討ちにした帰りだろう。たぶん一部の傭兵を置いて、自分だけは早々に逃げてきたに違いなかった。

「叔父上！」

サイラスの声にワゼフは驚き、踵を返して逃げようとした。

「追え！　ワゼフだ！」

一斉にワゼフを追いかける。あちらも慌てて逃げるが、馬が泥に足を取られるせいか、思ったようにスピードが出ないようで、すぐに追いついた。すると、ワゼフの護衛である傭兵が次々と斬りかかってくる。辺りは一瞬にして戦場となった。

日も完全に暮れ、小雨で視界の悪い中、激しい剣戟が繰り返される。ぬかるんだ道ゆえ、馬の蹄に踏み荒らされて飛び散る泥水の音に馬のいななき、兵士たちの怒号が入り乱れ、鬱《うっ》蒼《そう》とした森に響き渡る。

「諦めろ、叔父上！」

サイラスは、未《いま》だ戦おうとはせず、こちらに背を向けて逃げ惑うワゼフを追いかける。ワゼフは捕まりたくない一心のようで、道から外れ、無理に森の中へと踏み込んだ。案の定、すぐに叔父の馬が泥に足を取られ倒れる。叔父も同時に落馬した。

「うわあっ！」

馬から下りたサイラスはワゼフのところまで駆け寄り、その喉元《のどもと》に剣先を突きつけた。

「もうお前は負けている。これ以上無駄な足掻《あが》きは見苦しいぞ、叔父上」

「くっ……」

ワゼフは泥塗れになった顔で、サイラスを睨み上げてきた。するとその一瞬、雨がやみ、雲の合間からうっすらと三日月が顔を出した。ワゼフの形相が露になる。

「そうやって偉そうにしているのも今のうちだ。お前など失意のどん底に落ちればいい。お前の婚約者を、たった今殺してきてやった」

「なにっ！」

サイラスの心臓が止まりそうになった。しかしすぐに冷静に考えた。

シャルロットは城にいるはずだ。バーズリー伯爵家にはいない。叔父は私を動揺させようとしているのだ。叔父の思惑に乗るな、サイラス――！

自分で自分に言い聞かせる。

「叔父上、あなたには正当な裁判を受けてもらう。我が国の国益を著しく損ねた罪は決して許されるものではない。それ相応の覚悟をなされよ」

「陛下！」

近衛兵らが追いついて、こちらへやってくる。どうやら叔父の護衛に就いていた傭兵を片づけたようだ。

「引っ捕らえろ」

サイラスは兵士にそう告げ、叔父を一瞥《いちべつ》すると、馬まで戻った。そこにまた声がかかる。

「陛下！　王城から知らせが！　至急バーズリー伯爵家にお向かいください！　シャルロット様が……シャルロット様が、伯爵家に行かれたとのことです！」

「なに！」

『お前など失意のどん底に落ちればいい。お前の婚約者を、たった今殺してきてやった』

先ほどの叔父の声が頭にこだまする。

莫迦な――。そんなはずはあるものかっ！　シャルロットは城で安全に匿われているはずだ！

サイラスは馬に跨がり、頭の中で否定しながらも全速力でバーズリー伯爵家へと向かった。しばらく馬を走らせると、目の前には赤々と燃え上がる屋敷が見えてくる。もう屋敷全体に火が回り、とても中に入れる状態ではなかった。

屋敷の周りにはまだ残党がおり、サイラスは近衛兵らと共に、彼らを次々と倒した。しかし目の前には、先に援軍として送り込んだ味方の兵士らの無残な姿が、あちらこちらにあった。

「我が軍が全滅したのか……」

ワゼフが大軍を率いてここを襲撃したことが、その様子からもわかる。多勢に無勢だったのだ。サイラスが連れていった近衛隊。それに城を守るための衛兵も残さなければならない。こちらへ割く兵が自《おの》ずと減ってしまったのは明らかだ。叔父はそれも計算に入れていたに違いない。だからサイラスの留守を狙ったのだ。

「くっ……」

サイラスは改めて叔父への怒りが込み上げてきた。決してあの男を許しはしない。

「シャルロット！　シャルロット、どこだっ！」

ここに来ているはずがない。または、敵がいたので、どこかに隠れているのかもしれない。そんな複雑な思いを抱えながら、サイラスは大声でシャルロットの名前を呼んだ。しかし返事はなく、代わりにまた雨が降り始めた。すぐに雨足が強くなる。

「陛下！　こちらにシャルロット様の馬が繋がれています！」

兵士の一人が馬を見つけた。それによって、ますますシャルロットがこの屋敷に来ていた確率が高くなった。心臓が早鐘のように鳴り響く。同時に躰の芯に、氷のように冷たい楔《くさび》を打ち込まれた感覚に陥った。すると、別の兵士の声が聞こえた。

「陛下！　こちらで女性が死んでおります！」

まさか――!?

サイラスが馬から下りて駆け寄ると、血だらけで横たわる女性がいた。サイラスはその顔を確認した。

「シャルロットの乳母だ……」

恐ろしい結末がこの先に待っていそうで、サイラスはきつく拳《こぶし》を握った。

「陛下……」

兵士の一人が心配して声をかけてくる。この場ではサイラスはシャルロットの婚約者でもあるが公人でもある。私心に囚われず、その責務を遂行せねばならない。

「雨が激しくなってきた。この雨であれば、夜明けには鎮火するだろう。それから捜索を続けることにしよう」

目を瞑《つぶ》る。瞼の裏には昼間に別れたばかりのシャルロットの姿が浮かんだ。

この目の前に突きつけられた現実の何もかもが受け止められなかった。まるで夢の中にいきなり入り込んでしまったような気持ちになり、まったく理解できない。

「一旦、城へ皆を戻らせる。今夜は充分に休ませよ」

「……畏まりました」

何か言いたげな様子を見せはしたが、兵士もどう声をかけたらいいかわからない様子で、結局は頭を下げて離れていった。

見上げると空は雲で覆われ、真っ黒に染まっていた。雨は激しさを増し、サイラスを叩《たた》きのめそうとばかりに降ってくる。

「シャルロット……」

足から力が抜け落ちる。サイラスはそのまま地面に膝からくずおれた。

もっと馬のスピードを上げて、ここに戻っていれば間に合ったのかもしれない。

叔父の姿など無視して、伯爵家に直行すれば、シャルロットを救出できたかもしれない。

何を間違えたのかもわからず、ただ、大切なものが大きく崩れ落ちていく。

「っ……」

涙なのか雨なのかわからないものが頬を伝う。サイラスはこの日、この世で一番大切なものを失ったのだった。

明け方には雨も上がっていた。朝からの捜索活動の成果もあり、屋敷跡からは大勢の遺体が出てきた。身元がわかるものもあれば、損傷が激しく判別できないものもあった。

さらに無事に屋敷から逃げ出したシャルロットの妹、マリエルを騎士と共に保護することもできた。

彼女と騎士の話では、二人が脱出した時には、シャルロットの姿はなかったとのことだった。馬が繋がれていたことから考えて、屋敷にシャルロットが来たことは確かだ。そうなると、叔父の軍に屋敷が襲撃されてから、彼女は到着したのだろうと推測できた。

「陛下、たった今、若い女性の遺体が発見されました」

その報告に思わず息を飲む。

「損傷が激しく、顔などの判別ができませんが、首元に宝石の首飾りらしきものが残っておりますので、バーズリー伯爵のご家族であると推察できます」

確かに豪華な宝石の首飾りをしている使用人などいない。身につけている物から伯爵の家族であることは間違いないだろう。それは、ここにいるマリエル以外の家族を指すことになる。そう、奥方とシャルロットだ。そして奥方の遺体は、先ほど夫である伯爵と共に発見されている。

「陛下……シャルロット様でいらっしゃる可能性が高いかと」

兵士が言いにくそうに告げてきた。

「その女性がシャルロットであるという、きちんとした証拠はあるのか？　屋敷に若い娘が来ていたかもしれないではないか」

兵士の報告を思わず否定した。八つ当たりかもしれない。しかし今のサイラスはこれでも感情を精一杯抑えているつもりだった。

周囲の誰もが視線を地面に落とした。マリエルでさえ、サイラスのわずかな望みを否定するかのように、表情を崩し、そしてとうとう泣き始めた。

サイラスはそこに立っていることさえ居たたまれなくなり、踵を返して屋敷跡へと向かった。火事の現場となった屋敷では、大勢の兵士たちによって捜索活動が再開されていた。未だに、ところどころから燻《くすぶ》った煙が空へと伸びていた。焦げた臭《にお》いもかなりきついものだ。

叔父は夜襲をかけ屋敷に火を放ち、逃げ惑う人間を伯爵一家だけでなく、使用人たちも含めて皆殺しにしたのだ。現場には鯨油《げいゆ》を撒《ま》いた跡があり、火の回りもかなり早かったことが窺《うかが》えた。

バーズリー伯爵家には敵の襲撃に備え自警団がいたはずだ。それさえも突破されたということは、裏切り者がいたか、または反撃する隙もなかったほどの急襲であったかのどちらかに違いない。

「っ……」

認めたくない。だが認めなければならないのか——。

叔父が捕まる直前に言ったことが事実だというのか。

『お前の婚約者を、たった今殺してきてやった』

あまりの言葉に、心臓が抉《えぐ》り取られたような痛みを覚える。

「陛下、よろしいでしょうか？」

そこに、腹心の部下、ローランが小さな声で話しかけてきた。

「なんだ？」

「お見せしたいものが」

その言葉に、サイラスは振り返った。

「こちらへどうぞ」

ローランが屋敷を囲む森の中へと促す。サイラスは彼に言われるがまま、その後をついていった。

しばらく歩くと森を抜け、眼下に海が広がった。そこは断崖絶壁で、ここから落ちたらひとたまりもない高さの崖の上だった。下から吹き上がってくる風も強く、気を抜くと足元をふらつかせ落ちてしまいそうだ。

「こんなところまで連れてきて、なんだ？」

「少し気になるものを見つけました」

「気になるもの？」

「ええ、これです」

ローランは崖の縁まで近づくと、そこで跪《ひざまず》き、地面を指差した。そこには昨夜《ゆうべ》の雨でできた水溜《みずた》まりがあった。サイラスは双眸を細め、それを注意深く見つめた。

「濁っているな」

「ええ、この濁り……土だけの色ではない気がします。血がかなり混じっている可能性があります」

「血？」

サイラスはローランに視線を戻した。するとローランが小さく頷く。

「調べる手立てはありませんが、戦場で雨が降ったとき、この色に似た水溜まりをよく目にします」

「ここで誰かが怪我をしたと？」

「ええ。実はなぜ、あそこに乳母の女性が倒れて死んでいるのか、理由を考えてみたんです。彼女は大怪我をしています。マリエル様から、彼女が怪我をしたのは、マリエル様を逃がす折だと聞いています」

「そうだ」

シャルロットの妹、マリエルから脱出する際の話を聞かせてもらった。

自分たちを逃がすために、乳母は自らの躰を盾にしたと言っていた。乳母を連れて逃げたかったが、騎士である男がマリエルの救出を優先し、乳母を見捨てられないマリエルを気絶させ、そのまま屋敷から脱出したということだった。

「果たして……大怪我を負った乳母が一人でこんなところまで逃げられたでしょうか？　誰かの手助けがなければ動けなかったのでは？　そしてあの場所で息絶えているということは、その線上にあるこの崖まで、本当は誰かと逃げようとしていたのではないかと考えられませんか？」

「誰かとは誰だ？」

「――シャルロット様ですとか」

「っ！」

サイラスの冷えきっていた心臓が、わずかに熱を持ち、とくんとくんと鼓動を始める。この男の推察に縋《すが》りたくなる。閉ざされた未来に光の筋が見えたような気さえした。

「あくまでも仮定ですが、敵に追われてこの崖まで走ってきたのでしょう。それはどうしてか。その理由は、ここから見るとわかりますが、この左手、私たちが屋敷に来る際に通ってきた道に通じているんですよ。ここでシャルロット様は私たちと合流できればと思ったのではないでしょうか」

「では、この血はシャルロットのものだと言うのか？」

「あくまでも仮定です。ですが、ここでシャルロット様は敵に襲われて怪我をし……この海に落ちた」

ローランの視線が深い崖下へと注がれる。そして言葉を続けた。

「……そういう可能性も捨てられません」

「……落ちた」

もしかして生きているかもしれないと期待し、気持ちが浮上した分だけ、『落ちた』という言葉から受けるショックは大きかった。

しかしローランはそんなサイラスに構わず、淡々と話を続けていく。自分が動揺している分、ローランが冷静でいてくれることに、感謝するしかない。二人で落ち込んでいては、前に進めるものも進めなくなる。どんな形であれ、シャルロットのことは早急に動きたい。

サイラスは悲しみを堪《こら》えて、前を向いた。

「陛下、崖の下も捜索したほうがよろしいかと」

「シャルロットが生きている可能性は？　お前の正直な意見でいい。聞かせてくれ」

「運がよければ生きていらっしゃるかと」

「わかった。今からこの下へ下りる」

「あちらに下へ下りられる階段がございます」

ローランの声に、サイラスはマントを翻《ひるがえ》し、道を急いだ。

どんな結果が待っていようと、受け止めるしかない。それをただいたずらに先延ばしにしても意味がない。今は少しでも早くシャルロットに関しての情報を得ることに全力を尽くしたい。

サイラスは数人の兵士と共に崖下へと向かった。

結局、シャルロットの遺体は崖下でも見つからなかった。そのため、屋敷跡で発見された遺体がシャルロットとされたが、本当にそうなのか、サイラスには信じきれなかった。

もしかしてどこかで生きているのかもしれない――。

そう思わずにはいられない。しかし、万が一生きていたとしても、最愛の幼馴染でもあり婚約者であるシャルロットを守りきれなかった自分が許せなかった。後悔してもしきれない。

サイラスはそうやって三年もの間、自責の念に駆られ続けている。

そして今もなお、シャルロットを捜していた。

＊＊＊

三年前のあの日を、今でも昨日のことのように鮮明に覚えている。辛いことであるのに、忘れられない、そして忘れたくない過去だ。

『もう彼女がシャルロット嬢であるという確証は、どこにもない』

キルダークにきっぱりと言い切られ、サイラスは小さな希望すら、自ら摘《つ》み取らなければならない現状を、自分に納得させようとした。

キルダークの言う通りだ。確証などない。どうしてもシャルロットが死んだと認めたくないから、シンシアがシャルロットに見えてしまうのだ。きっと――。

もう半分は諦めているのに、もしかしたらという残りの半分の希望に縋り、夢を見てしまうのはみっともないことだとわかっている。だが、止められない。

「少し気を落ち着かせてくるよ」

サイラスはキルダークに断ると席を立ち、広間から出た。


広間から出ると、ロビーにはところどころカウチが配置されており、自由に休憩できるようになっていた。すでに何人かの招待客が座って談笑していた。

ふと、サイラスの耳にピアノの音が聞こえてきた。どこかで演奏されているようだ。足が自然とピアノの音の方向へと向かう。

誰が弾いているのか……。

音が近づくにつれて、メロディも聴き取れるようになる。その旋律を耳にした途端、サイラスの背筋に鋭い衝撃が走った。

この曲は——！

足早に部屋へ近づき、静かにドアを開ける。それこそ小鳥が音に驚いて飛び立たないように、そっと開けた。

そこには真剣な表情でピアノを弾いているシンシアの姿があった。そしてその弾いている曲名は、サイラスが知っているものだった。

「星の王様の夢……」

「え？」

サイラスの声に、シンシアが驚き、演奏を止める。そして振り向き、サイラスの姿を認めると、慌ててピアノから離れ、ドレスの裾を広げて一礼をした。

「サイラス様！　あ、あの、先ほどはダンスのお相手をありがとうございました」

彼女がそう言うも、それに応えている余裕は今のサイラスにはなかった。シンシアが纏《まと》うシャルロットの影の正体が知りたい。その一心だった。

「どうして、君がこの曲、『星の王様の夢』を知っているんだ？」

「星の王様の夢？　それがこの曲のタイトルですか？」

シンシアが不思議そうに尋ねてくる。その反応に、サイラスは求める答えになかなか辿り着けず、焦《じ》れったく感じた。

「この曲は私の婚約者であったシャルロットが、私のために作曲してくれたものだ。私とシャルロットだけしか知らない曲でもある。それをどうして君が弾いているんだ？」

「サイラス様とシャルロット様しか知らない曲……？」

シンシアの目が驚いたように見開かれる。そしてすぐに瞳を潤ませた。シャルロットと同じスミレ色の美しい瞳だ。その瞳を見ているだけで、サイラスの心が掻き乱される。

この少女がシャルロットに違いない――。

本能がそう伝えてくる。こんなに愛しているシャルロットを、たとえ髪型や外見が多少変わろうとも、見間違えるわけがない。

しかしサイラスの思いとは裏腹に、シンシアの瞳からは熱も何も感じられなかった。ただただ、サイラスに恐縮しているばかりだ。

「あ……申し訳ありません。この曲は記憶を失う前から弾いていたようで、どうしてこの曲を弾くようになったかは、覚えていないのです」

「覚えていない……っ」

サイラスはシンシアの答えに苛立《いらだ》ちさえ覚えた。シャルロットに繋がる唯一の手掛かりが彼女の中にあるというのに、それが手にできない。こんなに心は彼女を欲しているというのに、だ。

サイラスは彼女の手を掴むと、そのまま胸元に引き寄せた。シンシアがすっぽりと胸に収まる。その感触に、三年前の記憶が触発される。

『サイラス――』

いつもこうやって胸にシャルロットを抱き締め、二人で夢を語っていた。

「シャルロット……」

「あっ……」

桜色の唇を唐突に奪った。その唇の感触さえシャルロットのままで、サイラスは愛《いと》しさが募り、さらにきつく抱き締めてしまう。彼女の細い腰がしなる。

「君はシャルロットだ――」

口許から耳元に唇を滑らせ、鼓膜に囁く。

「私は……」

彼女が何かを言おうとするが、否定の言葉を聞きたくなく、サイラスは再び彼女の唇を自分の唇で塞《ふさ》いだのだった。

＊＊＊

誰かの声がすぐ近くで聞こえ、夢中でピアノを弾いていたシンシアは我に返った。

「え？」

ピアノの演奏をやめ、戸口のほうへと振り返ると、そこにはサイラスが立っていた。シンシアは驚いて立ち上がった。

「サイラス様！　あ、あの、先ほどはダンスのお相手をありがとうございました」

しかしサイラスは厳しい表情のままで、シンシアを見つめてくる。

「どうして、君がこの曲、『星の王様の夢』を知っているんだ？」

「星の王様の夢？　それがこの曲のタイトルですか？」

この曲のタイトルを知っているの？

驚いてしまう。この曲は家族の誰に尋ねても知らないと言われ、たぶん記憶を失う前にシンシアが家族に内緒で作曲したものだろうと言われていたからだ。どうやら既存の曲だったらしい。

「この曲は私の婚約者であったシャルロットが、私のために作曲してくれたものだ。私とシャルロットだけしか知らない曲でもある。それをどうして君が弾いているんだ？」

「サイラス様とシャルロット様しか知らない曲……？」

それこそ思ってもいない言葉だった。それと同時に、そんな大切な曲を自分が意味もわからず弾いていたことに、申し訳なさを覚えた。

私、知らなかったとはいえ、お二人の大切な曲を無断で弾いていたなんて……。

あまりの申し訳なさに恐縮してしまう。シンシアは正直に理由を言い、謝った。

「あ……申し訳ありません。この曲は記憶を失う前から弾いていたようで、どうしてこの曲を弾くようになったかは、覚えていないのです」

「覚えていない……っ」

彼の深い青色の瞳がわずかに揺れる。その表情を見て、シンシアの中でやっといろいろなことが繋がった。

シャルロット……。あのサロンの庭で出会った日、間違えて呼んだ名前は、亡くなったとされている婚約者の方のお名前だったんだわ。

あの睡蓮の咲く池の橋で、彼は驚いたような顔をしてシンシアを見つめていた。

私、シャルロットという方に、そんなに似ているのかしら……。

彼が辛そうに表情を歪ませる。シンシアの顔を見るたびに亡くなった婚約者のことを思い出さずにはいられないのだろう。

その時だった。

え――？

いきなりサイラスの手がシンシアの手首を摑み、引き寄せてきた。そのままバランスを崩し、彼の胸へと抱き込まれる。

私、一国の王たるサイラス様に、なんて畏《おそ》れ多いことを――！

シンシアが急いで胸から顔を上げると、サイラスと視線が合う。真っ直ぐに向けられた視線に心臓が大きく疼いた。

私――！

「シャルロット……」

甘く切ない声で、自分ではない名前を呼ばれる。しかしどうしてか、その名前が自分のものであるかのように、シンシアの中でしっくりときた。

「あっ……」

彼の顔がありえないほど近くに迫ったかと思うと、シンシアの唇に温かい感触が生まれた。キスをされたのだ。そのままシンシアを抱き締めていた彼の手の力がさらに強くなる。そしてキスから解放され、そのまま彼の唇がシンシアの耳朶に寄せられる。

「君はシャルロットだ――」

私がシャルロット？

サイラスの顔を間近で見つめる。とても彼が嘘《うそ》をついているようには見えなかった。

「私は……」

そんな名前ではありません――と、口にしようとしたが、再びサイラスに口を塞がれる。

今度は先ほどよりも長く深いキスだった。

「そこで何をしているっ！」

突然、レガルの声が部屋に響いた。サイラスとシンシアは戸口のほうへと視線を遣った。するとレガルがすたすたと歩いてきて、王を相手に、乱暴にシンシアを取り返すように奪った。

「サイラス陛下、私の妹に何をなさっているのですか！」

「何をしている？　見た通りのことだが？」

サイラスも開き直ったのか、弁明をすることもなく堂々とレガルに言い放った。レガルの表情が厳しくなる。

シンシアは二人に挟まれてはらはらした。それに相手は一国の王である。兄の不遜《ふそん》な態度が不敬罪になるのではないかと、心配になってくる。

「一国の王ともあろう方が嫌がる女性を、このような部屋に連れ込むのはいかがかと思うが？」

「お兄様、私、連れ込まれてなんていないわ。最初から私、ここでピアノを弾いていたの」

兄にこれ以上、誤解をさせないよう、シンシアは間に入った。しかし上手くは伝わらないようだった。

「一人でいたところを襲われたのか？」

「そういうわけじゃないわ、お兄様」

「なるほど……」

いきなりサイラスの声がシンシアとレガルの間に入ってきた。

「やはり、ただの過保護ではなさそうだな」

「な、何を……」

レガルが言い淀《よど》む。するとサイラスはうっすらと笑みを浮かべて、レガルから視線を外した。

「いや、まあいい。ここで言うことではないな。それよりもレガル殿、あなたはシャルロットという名前の女性をご存知ではないか？」

「っ……」

シンシアにも兄が息を飲んだのが伝わってきた。まるでその名前を知っていると言わんばかりだ。

「お兄様？」

「初めて聞く名前です。その女性が何か？」

ところが兄から出た言葉はまったく予想とは違う内容だった。

「初めて聞く、か……」

サイラスが意味ありげに言葉を切る。

「私の婚約者の名前だ。ここにいるあなたの妹君、シンシア殿に酷似しているのだが、心当たりはないだろうか？」

「ありません。妹に似ているのなら、なおさら忘れませんので、一度もお会いしたことがないと思います」

「そうか……」

「陛下、私たちはこれで今夜の舞踏会を失礼いたします」

兄が急に辞去の旨を申し出る。まだ舞踏会は始まったばかりで帰るには早い。しかしシンシアも、いつもは優しい兄が見せた怒りの表情に気圧《けお》され、舞踏会ではしゃぐ気にはなれなかった。このまま兄の言う通り、今夜は帰ろうと思う。

「それでは」

レガルは手短に別れの挨拶を告げると、シンシアの手を引っ張り、ピアノルームから連れ出した。ドアが閉まる寸前、シンシアが後ろを振り返ると、サイラスがシンシアをじっと見つめていた。

サイラス様……。

シンシアは小さく頭を下げた。また機会があるのなら兄の非礼を詫《わ》びたい。

彼の姿はそのままドアの向こう側へと消えた。ただ、最後にちらりと見せた彼の表情が寂しそうで、シンシアは胸を痛めたのだった。

帰りの馬車の中でも重い空気が漂っていた。兄はずっと黙ったままだ。シンシアもどうにかシャルロットという女性のことを兄にもう一度聞きたくて、機会を窺っているのだが、なかなか聞けそうにない。どうしようかと思い悩んでいると、前に座っていた兄が大きく息を吐いた。そしておもむろにシンシアに向かって口を開いた。

「……シンシア、もうサイラス陛下と会うな」

「え？」

兄の言っていることに納得がいかず、正面に座っている兄を見遣る。兄の顔はいつになく真剣だった。

「いつまでサイラス陛下が、この国に滞在されるのかわからないが、私もこれから当分の間、社交界には顔を出さないつもりだ」

「お兄様……」

「わかったな」

念を押される。しかしこればかりは兄の言うことを素直に聞くつもりはない。自分の失われた記憶に、サイラスが関係しているような気がして仕方ないからだ。それに兄が何かを隠していることも薄々わかってきた。

「お兄様、シャルロットという女性をご存知なのですか？」

「その話はもうやめにしよう。お前は私の大切な妹だ。お前を煩《わずら》わせるようなものは必要ない。お前も、もう気にするな」

「ご存知なのですね」

そう尋ねるも、兄は口を閉ざして答えることはなかった。

やはり兄は何かを知っている。

シンシアは足元がぐらつくような気がした。自分だと思っていたのが自分ではないような感じだ。

今まで記憶がない不安に耐えられたのも、自分が生まれた時からシンシアという人間で、こうやって昔から変わらず家族と一緒にいたのだろうと信じていたからだ。今の自分も過去の自分も同じだと思っていたから、一時的に忘れていても、自分は自分だと思っていた。

それなのに——。すべてが覆《くつがえ》されそうだ。

私は誰？

シンシアじゃないの？

もし、記憶を失う前は違う人間であったとしたら、ここにいる自分は偽者でしかない。そして兄も両親もその他、自分の周りを取り囲むものすべてが、嘘で塗り固められているということになる。

『どうして、君がこの曲、「星の王様の夢」を知っているんだ？』

唐突にサイラスの声が蘇る。

サイラスがシンシアのピアノの曲に反応したことを思い出した。家族は全員知らなかった曲名だ。家族はきっとシンシアが記憶を失う前にこっそり作曲をしていたのだろうと言っていた。しかし彼はこの曲を知っていた。

私……もしかして記憶を失う前に、シャルロットという女性と出会っていたのかもしれない。それでピアノを習っていた？

それならば、すべて辻褄《つじつま》が合う。そう思うことで、やっと少しだけシンシアは胸の痞《つか》えが取れたような気がした。

私はシンシアだわ。そしてたぶん過去にシャルロットという女性に会っているだけよ。

自分に言い聞かせ、気持ちを落ち着かせるためにそっと目を瞑った。

ふと、瞼の裏に満天に輝く星々が浮かぶ。どこで見た景色だろう。ひどく懐かしい風景だった。きっと療養地で見た星空だろう。

『誰も飢《う》えたりしない国を造る――』

誰かがシンシアの隣で話していたのを思い出す。

『私が王になったら、国民の血を無駄に流したり、彼らを悲しみに暮れさせたりするようなことは、二度としない』

そう言って涙を流していた青年は誰だっただろうか。

『私がこれから戦いで流す血を、この国、最後のものとしてみせる』

記憶を辿り、シンシアは青年の顔を思い出そうとした。少しずつ記憶の画像が鮮明になってくる。そしてとうとう彼の顔がしっかりと見えた。シンシアは息を飲む。

サイラス様――?

その顔は、アリストラル王国の現国王、サイラスにそっくりであった。

⚜ 第四章　暴かれた真実

王城の舞踏会から三日経ち、シンシアは家の使用人から秘密裏に手紙を渡された。

その手紙の封書にはレダ国の王室の紋章が透かしで入れられており、本物であることを示している。

シンシアは家族に見られないように、急いで部屋に戻ると、恐る恐る手紙を開封した。

手紙はサイラスからのもので、今日の昼に王城の薔薇園で会いたいという内容のものだった。

サイラス様と、お話ができる――。

シンシアもあの舞踏会の夜からずっと気になっていた。

もしかしたら私の失《な》くした記憶の何かをご存知かもしれない……。

レガルは朝から知人の屋敷へ出掛けていた。帰ってくるのは夜だと聞いている。今からなら、王城まで行って帰ってきても、充分に間に合う。兄には内緒で行けそうだ。

相変わらず兄はサイラスのことを嫌っているし、母もアリストラル王国嫌いなので、先日出掛けた舞踏会の話さえ話題にならないくらいだ。

それに、舞踏会の帰りの馬車の中でも、兄はサイラスと会っては駄目だと念押しをしてきた。内緒でなければ、絶対行かせてもらえないだろう。

お兄様には悪いけど、私、王城へ行ってみよう……。

シンシアは急いで着替えると、母には気晴らしに美術館へ行ってくると心苦しくも嘘をつき、馬車で王城へと出掛けた。


警備が厳しいことで有名な王城の門は、ランセール子爵家の者だと言っただけで、すんなりと通ることができた。たぶんサイラスから衛兵にシンシアが訪ねてくることが伝えられていたのだろう。

エントランスで馬車を降りると、執事らしき男がシンシアを出迎えてくれた。

「サイラス殿下から伝え聞いております。シンシア様、こちらへどうぞ」

執事に先導されて、王城の中を進む。やがて庭園に面した回廊に出ると、そのまま庭園へと下りた。

庭園はシンメトリーで造られた美しいものだった。その中央には大理石で造られた噴水があり、その周囲を季節の花々が飾っている。

噴水の先には綺麗に刈られた生垣《いけがき》が続き、レンガ敷きの可愛らしい小道がいくつか造られていた。その一つをシンシアは執事と共に歩く。

しばらく行くと、門が現れる。どうやらここが薔薇園の入口のようだった。

一歩、足を踏み入れる。すると、薔薇の芳《かぐわ》しい香りがシンシアの鼻先を掠めた。正面に、たくさんの薔薇に囲まれるようにして白亜の四阿《ガゼボ》があった。そこに一人の男性が座っているのも見える。向こうもシンシアに気づいたようで、立ち上がりこちらへと歩いてきた。

サイラス様――！

「それではわたくしはこれで失礼させていただきます」

ここまで案内してくれた執事が、サイラスの姿を認め、一礼して下がっていく。シンシアがサイラスと二人きりにされることに、あたふたしていると、サイラスが目の前までやってきてしまった。

「来てくれたんだね。ありがとう」

シンシアの手を取ると、その甲に唇を寄せる。単なる挨拶なのに、シンシアの心臓は大きく跳ね上がった。

「こちらこそ、お招きくださり、ありがとうございます」

「ここは私の城ではないが、この薔薇園は気に入っているんだ。四阿から眺める薔薇は、また一段と綺麗なんだよ。ぜひ見てくれ」

「ありがとうございます」

サイラスはシンシアの手を握ったまま、四阿へと引っ張っていく。

突然シンシアの脳裏にもやもやっとした何かが浮かぶ。

私……昔、こうやって二人で手を繋いで歩いたような……。

サイラスの背中を再度見上げる。この位置から、彼の背中を見上げたことが以前にもあったような気がした。

あれはいつだったかしら……野うさぎがいるよ』

『こっちに来てごらん。野うさぎがいるよ』

笑顔でシンシアの手を引っ張ったのは誰だっただろう。

断片的に失われた記憶が戻ってくる。しかし肝心の相手の顔や名前が、靄《もや》がかかったかのようにはっきりしない。

でも、私、その時も今のように、胸をときめかせていたわ……。

嬉しくて、楽しくて、そして幸せをいっぱい感じながら、誰かに手を引っ張られて歩いていたのは覚えている。

私、やっぱり過去にサイラス様とお会いしていた気がする……。

四阿に着くと、建物と同じ大理石で作られた椅子とテーブルがあり、テーブルの上にはすでにお茶の用意がされていた。シンシアが城に到着した時間から見計らって淹《い》れられたのだろう。

「ほら、ここからの眺めが綺麗だろう？」

「わあ……すごい……」

四阿は薔薇園の真ん中に建てられているため、どこを見渡しても庭一面に薔薇が咲き乱れている様子が綺麗に見えるよう設計されていた。色も計算して植えられているようで、そのコントラストも美しい。

そよ風に乗って、仄《ほの》かに薔薇の香りも漂ってくる。心落ち着く穏やかな昼下がりで、青空が光り輝いていた。

「私の城にも、今度薔薇園を造ろうと思うんだ。こうやって二人でゆっくりとお茶を飲めたりできる薔薇園がいいなと思っている」

「素敵ですね」

そんなところでお茶ができると思うだけで羨《うらや》ましくなる。きっとここに負けず劣らず美しい薔薇園になるのだろう。

シンシアがそんなことを考えながら、薔薇を眺めていると、サイラスが言葉を続けた。

「実は今日、兄上のレガル殿も留守をされていると聞いて、君に連絡を取ったんだ」

「え？」

「レガル殿は私を嫌っていなかったかい？　会うなとか言われなかったかな？」

「いえ……そんなことは……」

と、一応は否定したが、彼はすぐに事情を察したようで苦笑を浮かべた。

「大体は想像できるよ」

「申し訳ありません。兄は私が記憶を失ってからは特に過保護になってしまったらしく、数々の非礼は本当になんとお詫びをしたらよいか……」

「構わないよ。彼の気持ちも理解できるからね」

サイラスはそう言って紅茶を口にした。シンシアはどうしたらいいかわからず、とりあえず同じように紅茶を飲んだ。緊張して紅茶の味もわからなかった。

しかしサイラスにシャルロットの話や、もしかしたら自分の過去に関係する話を聞けるかもしれないと思ってここまで来たのだ。臆《おく》してはいけない。シンシアは自分に活を入れた。

「あの……実は私、サイラス様にどうしてもお聞きしたいことがあって、ここまで来させていただきました」

「聞きたいこと？　なんだろう。私も君と話をしたいと思って招待したから、気持ちが一方通行でなくて嬉しいよ」

シンシアの緊張を解してくれようとしているのか、サイラスは茶化して答えた。それで少しだけ気持ちが楽になり、シンシアは勇気を出して尋ねた。

「あの……私は以前、サイラス様とお会いしたことがあるのでしょうか？」

「え？」

「申し訳ありません。失礼なことを口にしているのは充分にわかっているのですが、私はどうしても記憶を取り戻したくなったのです。シャルロット様が作曲されたというピアノ曲も、どうして私が弾けるのか知りたいのです」

真剣に告げるが、サイラスはどこか寂しげな笑みを浮かべた。

「君とこうやって再び話すことができたのは夢のようだけど、他人行儀で話されるのは、思った以上に寂しく、傷つくものだな」

傷つく？

シンシアは改めてサイラスの深い青色の瞳を見つめた。どこまでも澄んだ青は、深い海の色を思い出す。

海の色――。

そう思った瞬間、いきなりシンシアに言い知れぬ恐怖が襲いかかってきた。

「あっ！」

思わず声を上げて立ち上がってしまった。躰の震えが止まらない。

「シャルロット！」

サイラスがすぐにやってきて躰を抱き締めてくれる。すると、それまでのわけのわからない恐怖感が和らぎ、代わりに安らぎが訪れた。無事に戻ってきたという、やはり理由のわからない安心感も生まれる。

説明がつかない。どうしてこんな感情を抱くのか。

「大丈夫か？　突然、どうしたんだ？」

サイラスが心配そうにシンシアの顔を覗き込んできた。

「あ……申し訳ございません。急に海を思い出したら、どうしてか突然躰が震えるくらい怖い思いがしたんです」

それ以外説明しようがなかった。きっとサイラスには理解できないだろうと思ったが、彼はその言葉に双眸を鋭くした。

「海――」

何か思い当たることがあるのだろうか。シンシアはサイラスの顔を見つめた。

「海に恐怖心が？」

シンシアは首を横に振った。

「そんなことは一度も……。海辺の近くを歩くこともありますし。ただ、あまり海自体を強く意識したことがなかったので、はっきりはわからないのですが……」

そう答えると、サイラスがおもむろに話し始めた。

「たぶん、シャルロットは崖から海へ落ちた」

「え――？」

「私の婚約者であったシャルロットは三年前、敵軍に追い詰められ、崖から落ちて行方不明になった可能性が高いんだ。君が海を怖がるのも納得がいく」

「納得って……それは私がシャルロット様という女性だっていうことですか？」

「君はシャルロットだ」

再びサイラスにきつく抱き締められる。

「待ってください！　私にはシンシアという名前があって、両親も兄も健在です。どうしてシャルロットだなんて……」

「わからない。だけど君がシャルロットであることには間違いはない」

首筋に顔を埋《うず》め、サイラスが苦しそうに告げてくる。

「違うわ。サイラス様はシャルロット様が恋しいゆえに、私のことをそう思い込もうとなさっているだけではないでしょうか？」

そう言う傍からシンシアの胸が痛んだ。シャルロットの身代わりとして見られていることがとても辛いと感じる自分がいることに気づく。

私――。

この人が好きなんだわ――。

そんなことにも今、気づいてしまった。

「この声、この髪、この瞳……すべてシャルロットだ。君の失った記憶に、私たちの大切な思い出が詰まっていたはずだ」

大切な思い出――。

その言葉に触発されるように、シンシアの脳裏に、どこか見覚えのある街が広がった。

その街の向こう側には丘があり、まだ子供だったシンシアは、誰かと一緒に丘の上から月が現れるのを待っていた。

夏も終わりの時期だったのか、日が暮れると同時に涼しくなり、肌寒くなったのを思い出す。シンシアが手を擦り合わせると、その手の上から別の手が伸びてきて、そっと包み込んできた。

『こうやって手を握っていると、お互いが温かくなるよ』

『本当だわ』

ほんわかと温かみを増した手から少年の顔に視線を移した。少年の笑顔が眩《まぶ》しい。

『一人よりも二人のほうが、いろんなことができるよね』

『ええ、私も――――のお陰で木登りができるようになったわ』

『君はいつの間にか僕よりも木登り上手くなったよね』

少年に褒められてシンシアは嬉しくてたまらなくなった。

『練習したもの。それに木に登れば、女官に見つからずに――――の部屋に遊びに行けるから、頑張ったの』

少年は軟禁状態で城の一角に住んでいた。

『僕の部屋に遊びに来るために練習してくれたの？』

少年の大きな青い瞳がさらに大きく見開かれる。

『ええ、だって一人でご本ばかり読んでいても――――、つまらないでしょ？　一緒に遊ぶと楽しくない？』

『楽しいよ。いつも内緒で部屋を抜け出すのはなかなかスリリングだけどね』

『だから木登りは誰にも見つからないために、絶対必要なのよ』

『そうだね』

少年はまだあどけない顔をしていた。その少年の顔と、今シンシアの目の前にいるサイラスの顔が重なる。

あの少年はサイラス様――。

先日もサイラスの顔をした青年の記憶が断片的に戻ってきた。

シンシアの中でも自分がシャルロットである可能性が高いことは薄々と感じてはいた。しかしそれでも自分がシャルロットであることを認める勇気はなかった。

もし本物のシャルロットが別にいたら――。

自分がシャルロットを騙《かた》り、彼女に与えられるはずだった幸福を横取りしてしまうことになる。そんなことは絶対したくない。

それに、断片的に現れる自分の記憶にも自信がない。本物の記憶ではなく、自分に都合よく見ているだけの夢である可能性もある。彼と恋人同士でありたいと願う自分が見せている願望かもしれない。

そして一番不安なのは、サイラスの心だ。シャルロットを愛し、そして失った悲しみのあまり、シンシアをシャルロットだと、彼は思い込もうとしているだけなのかもしれないと、どうしても思えてしまう。

もっと私に記憶が残っていればいいのに――。そうすればもっと自分にも自信が持てたはず。

シンシアは躊躇《ためら》いつつも自分を抱き締めるサイラスの背中に手を回した。途端、シンシアの胸に愛しさが満ちる。

まだ三度しか会っていないのに、こんなに彼を愛しいと思うのは、やはり自分の中にシャルロットがいるからかもしれない。

「シャルロット？」

彼がシンシアの手が背中に回ったことに驚きを隠せない様子で、名前を呼んでくる。シンシアはその声に促されて顔を上げた。するとサイラスの唇がいきなりシンシアの唇を塞いだ。軽く下唇を吸われるように口づけられ、そのまま彼の吐息が鼻先にかかるほどの距離で囁かれる。

「そんなに無防備にされたら、私も我慢ができなくなる」

「サイラス様……」

再び唇にキスを落とされる。そしてそのまま耳朶を柔らかく噛まれた。

「あっ……」

じんじんと疼くような感覚がシンシアの下腹部に生まれる。そこから背筋を駆け上がるように、官能的な痺れが脳天まで走った。

躰が震える。

耳朶を唇に含まれ、舌で擽《くすぐ》るように転がされる。そしてしっとりと濡れた声で、サイラスが乞う。

「君の背中の傷を見せてくれないか……」

彼の唇が耳朶から離れ、耳の裏から首筋へと滑る。

「っ……どうして私の傷のことをご存知なのですか？」

「悪いと思ったが、人づてに聞いてしまった」

「サイラ……ス……様……」

シンシアに拒絶されるかもしれないと不安に揺れる彼の瞳が、真っ直ぐ見つめてくる。

「君の背中の傷は、私の心の傷だ。どうか見せて欲しい……」

彼の器用な指先が、シンシアのドレスの背中にあるボタンを一つずつ外し始める。

「サイラス様……あ……傷は……」

「お願いだ――」

命令ではない。それはまるで祈るような響きだった。

シンシアは承諾の意を込めて小さく頷いた。すると肩を押され、ゆっくりと長椅子に座らされる。

「背中を見せてくれるだろうか」

再度サイラスに乞われ、シンシアは背中を向けた。

ドレスのボタンは背中の途中まですでに外されており、デコルテの部分が露になって陽の光を浴びる。背中に傷があるせいで、肩を出したドレスを滅多に着ないシンシアの肌は、染み一つなく淡雪のように白かった。ただ、肩甲骨《けんこうこつ》から背中中央にかけて、剣で斬られた痕があり、そこは今も赤みを帯び、肌が引き攣《ひつ》り盛り上がっていた。

サイラスはそこを指で優しく撫でると、唇を寄せた。

「っ……」

サイラスの唇が触れたところからジッと焼けつくような熱が生まれたような気がした。

「痛かっただろう？　よく我慢したね」

キスをされたまま、直接素肌に問われる。シンシアは首を横に振った。

「この傷は私が君を守れなかった戒《いまし》めだ。この傷に懸《か》けて、私は君を守る。二度と傷つけたりしない」

サイラスが額をシンシアの背中に預け、自分に言い聞かせるように呟く。

「サイラス様……」

「どうか——。どうか、これ以上君を何一つ傷つけることがないように——」

彼の祈りにシンシアの胸が切なさにじんと震えた。記憶から消えてしまった自分が泣いているようにも思えた。

愛している——。

シンプルなのに、とても複雑な感情。シンシアの躰の奥から誰かが叫んでいる。その余りある熱はやがて涙となって、シンシアの瞳から溢れ出した。

「シャルロット?」

シンシアという名前のはずなのに、その名前がすんなりと躰に溶け込んでくる。自分が一体誰だったのか、わかりそうで怖い。

シンシアが泣いていることに気づいたサイラスが、そっとシンシアの躰をこちらへ向かせ、引き寄せた。

「もしかして傷が痛むのか?」

首を左右に振りながら、頭を彼の胸に預けた。包み込む優しさに、さらに涙が溢れた。

もどかしい……。過去を思い出せない自分に、こんなにも焦れたことはない。

「シャルロット、泣かないでくれ。君が泣くと、私も辛い」

つむじにキスをされる。その温かさに顔を上げると、瞼にやんわりと唇が触れてきた。そのまま彼の唇は頬を滑り、シンシアの顎へと落ちる。顎先を甘く嚙まれ、つい声を上げてしまう。すると、サイラスが優しい笑みを浮かべた。

「涙が止まったね」

言われてみれば、シンシアの涙は収まっていた。顎を軽く嚙まれたことにちょっと驚いたのかもしれない。

「……え、ええ」

「よかった」

そう言って、彼の唇がまた触れてくる。鎖骨の窪《くぼ》みをきつく吸われた。一瞬痛みを覚えたが、すぐに甘い疼きに変わっていく。

サイラスの指がシンシアの胸を隠すコルセットに触れてくる。驚いて躰をぴくりとさせてしまうと、一瞬だけ彼の指の動きが止まる。しかしすぐにそのコルセットの紐を解いた。

四阿で屋根があるといえど、屋外である。そんな場所で素肌を晒していることにシンシアは慌て、両手で胸を隠した。

「サイラス様、どなたかが来たら……っ」

「大丈夫だ。人払いをしてある。私が呼ぶまで誰も来ない」

やんわりとシンシアの両手を胸から外す。露になった胸にサイラスは口づけをした。

「あっ……」

前にもこんなことがあったような気がする。幸せに満ち溢れ、彼と触れ合うことが、とても嬉しかった頃が――。

いきなりフラッシュバックのように、記憶が戻ってくる。

戦いに明け暮れていた中でも、甘く美しい日々。彼が傍で笑ってくれていたら、それで幸せだった。国民のために戦う彼の、少しでも支えになりたいと思う自分の強い気持ちが、シンシア――シャルロットの中には常にあった。

私――！

断片的ではあるが大切なことを思い出し、シンシアは目の前のサイラスを見上げた。

「サイラス様――」

目の前にいるのは思い出した断片の記憶の中にいる優しい青年だ。

「私……以前、あなたの傍にいたような覚えが……」

自分の感情が、過去の自分のものにシンクロして、募る思いがつい口から零《こぼ》れ落ちた。

「あなたをずっと愛していたような気がするわ……」

「シャルロット」

青い瞳がこれ以上開かないとばかりに瞠目する。そのままふんわりと長椅子に押し倒され、彼の手がドレスの裾から滑り込んできた。

「あっ……」

「私も君を愛している——君がいなかった間も、ずっと愛していた」

今までよりも少し激しい、余裕のないキスをされる。そのキスに夢中になっていると、サイラスの手がドレスの下のペチコートを潜り、そっとドロワーズへと忍んできた。

「んっ……」

彼の手が器用にシンシアのドロワーズを脱がせてくる。シンシアも彼に促されて、腰を上げ、脱がされるのを手伝ってしまった。

私……なんて、大胆なことを——！

そう思うも、サイラスの熱を少しでもたくさん感じたいという思いが強く、理性とは裏腹なことをしてしまう。

白地に細かな白の花柄の刺繍が施されたドロワーズが長椅子の下にばさりと音を立てて落ちる。その音で、シンシアの理性が戻り、急に恥ずかしさが込み上げてきた。

「あ……私……」

「大丈夫だ。君を傷つけたりはしない。君を大切にしたいだけだ」

サイラスの低く甘い声がシンシアの官能的な部分を刺激してくる。さらに、そっと内腿《うちもも》に唇を寄せられ、温かいものでしっとりと濡れた感覚が生まれる。同時に下腹部が妖《あや》しくざわめいた。

「あっ……んっ……」

シンシアの口から甘い声が漏れてしまった。

「どこか痛くはないかい？」

「い、痛くはないけど……」

痛いとか、そんな感覚ではないのに、サイラスはわざとなのか、そう尋ねてきた。シンシアに他のことを言わせないようにしている気がしないでもない。

「なら、このまま進めても大丈夫だね」

「え……」

上手く誘導されてしまったことに気づくも、もう引き返すことは無理だった。サイラスは双眸を細めると、そのまま舌を、脚の付け根へと滑らせていく。

「っ……」

付け根を舐められて、子宮がきゅうっと縮んだような感じがした。ぞくぞくとした寒気のような感覚が全身に広がる。

シンシアはその快感から逃れるため、身を捩らせようとしたが、サイラスの手がそれを許してはくれなかった。逃げることもできず、そのまま淫猥《いんわい》な痺れで全身を震わせる。

「もっと足を開いてくれないと、優しくしてあげられないな」

「そんな……」

シンシアの、奥ゆかしく潜《ひそ》む花弁の間近で声を出され、彼の吐息が微妙に当たる。そこからなんともいえない感覚が生まれた。

ああ、何かが溢れそう——。

せめて足だけでも閉じようとしても、サイラスに膝を割られ、さらに両膝を大きく開かされる。恥部を彼の目の前に晒しているかと思うだけで、どうにかなりそうだった。

「そんなに……見ないで……」

「駄目だよ。他に怪我をしているところがないか、きちんと見ておかないと」

「そんなところ……怪我なんて、してないわ……あっ……」

彼の指がシンシアの敏感な淫唇《いんしん》に触れる。途端、凄絶《せいぜつ》な愉悦が湧き起こり、シンシアに嬌《きょう》声《せい》を上げさせた。

「っ……ああっ……」

「ちょっと刺激が強すぎたかな。もう少し優しく別の方法で触ったほうがいいね」

別の方法……？

サイラスの言葉を頭の中で反芻《はんすう》していると、彼の金色の頭がシンシアの下肢へと沈む。一瞬何が起きたのかわからなかった。

「ああっ……」

生暖かく柔らかい感触がシンシアの秘部に生まれた。サイラスがまだ青く硬い肉芽を舐めたのだ。

「あ……お願い……っ……そんなところ……舐めない……で……ああっ……」

じくじくと淫《みだ》らな肉粒が疼く。普段は存在さえも忘れているような淫部が腫《は》れ上がり、ここを愛撫《あいぶ》して欲しいと激しく主張し始める。次々と押し寄せる悦楽の波に、シンシアは理性が飲み込まれそうになった。

「はあっ……んっ……」

秘密の谷間に咲く熟れた花の、肉厚な花弁の周りを舌で丹念に舐められる。

「ああっ……あっ……んっ……」

そしてぷっくりと膨れ上がった雌《め》しべに舌が這わされる。秘めやかな突起を舌の上で転がされ、そしてしゃぶるようにきつく吸われると、今まで感じたことのない喜悦が生まれた。もう、気がどうにかなりそうになった。

「吸うの……い……やぁ……ああっ……」

「とても柔らかくなってきている。嫌だとはとても思えないよ、シャルロット」

舐められてぐっしょりと濡れたそこに、熱の籠もった吐息が触れる。いや、濡れているのはサイラスの舌のせいだけではないかもしれない。先ほどからシンシアの躰の奥から、淫らな蜜《みつ》が溢れ始めているのを、気づかずにはいられなかった。

「もう少し、見せて。傷がどこにもついていないか、もっと奥まで見せてくれ」

そんなところに傷などついているはずがないのに、サイラスはさらに奥へと舌を滑らせる。固く閉ざされていたシンシアの蕾《つぼみ》も、彼の愛撫によって緩《ゆる》み、その割れ目に彼の舌を受け入れ始めていた。

舌先で何度も軽く突かれたかと思うと、強引にこじ開けられる。やがてぬるりとした感触が蜜路に生まれた。

「あっ……舌を挿《い》れない……で……ああ……」

そう願うも、シンシアの願いは聞き遂げられず、サイラスの舌がもっと奥へと侵入してきた。

花弁を捲るように舐め上げられ、それと同時に肉芽を指で刺激されると、快感で意識が朦《もう》朧《ろう》とし、躰がとろとろに蕩《とろ》けそうになる。もうシンシアには理性を保つだけの余裕がなかった。嬌声が次々と唇から零れ落ちる。

「あっ……ひぅ……ああ……っ……」

どくどくと蜜が溢れ出してくる。

「あぁ……あ……はあっ……」

恥ずかしいのに、淫らな嬌声を止めることができない。サイラスの舌の動きがさらに激しくなるにつれ、ペチャペチャと耳を塞ぎたくなるようないやらしい音もし始める。

「あ……もう……だ、め……おかしくなっちゃ……う、サイ……ラ、ス……さ、まっ……」

まるで獣に貪《むさぼ》られているような錯覚さえ覚えた。躰の隅々まで、すべて食べられてしまいそうだ。

しかし抱く感情は恐怖だけではなかった。溢れ出して止まらない愛情と慈《いつく》しみがシンシアを包み込む。

怖くても幸せを感じてしまう不思議な感覚——。

シンシアがそんな思いに浸っていると、サイラスが、ゆっくりと指を挿入してきた。

「指……っ……んっ……挿れない……で」

初めての異物に躰が萎縮《いしゅく》する。それは舌よりもずっと硬く、動きも複雑だった。

最初は痛みで混乱していたが、やがて違う感覚も混じっていることに気づく。さらに一旦、意識し始めると、そのおかしな感覚のほうがどんどんと増して、あまりの気持ちよさに、シンシアは、自分からサイラスの指をぎゅうっと強く締めつけてしまった。

するとまた、今までとは違った快感が生まれ、爪先から頭の先まで、背筋を伝って鋭い痺れが駆け上がった。

「ああっ……んっ……」

「私の指だけでも感じてくれているようだね」

「ど……どうして……こんな……」

何もかも初めての体験で、自分自身でもどうなっているのか、よくわからなくなっていた。

「こんなの……変だわ……んっ……」

「大丈夫だ。君の反応は間違っていないよ」

サイラスが指を挿れたまま、シンシアの臍《へそ》の辺りに囁いてきた。

「お互いにお互いを愛するためには、必要な反応だから、変じゃない」

「愛し合う……私……まだ……そんな覚悟を……あっ……んっ……」

臍を舌でぐりぐりと押し込まれる。下腹部に位置する快感の源、蜜宮が、強い刺激に震え蠢《うごめ》く。そのいやらしい感覚に、またもや嬌声を零してしまった。

「今日、こんな場所で君の初めてを奪う気はない。今は私に素直に躰を委《ゆだ》ねて、楽にしてくれればいい」

「そ……んな……」

心臓がこれ以上ないくらいばくばくと音を立てて鼓動している。とても楽にできる状態ではない。それに蜜路に挿れられた指は縦横無尽に動かされ、落ち着くどころか官能の焔を煽《あお》られるばかりだ。

「愛している——シャルロット」

吐息混じりの声で囁かれる。途端、シンシアの心臓が止まりそうになった。

大好きな人から愛を囁かれ、嬉しくないわけがない。シンシアには過去の記憶はなかったが、サイラスをとても愛していたことだけは躰が覚えていた。

「私も愛しています――」

シンシアの熟れた媚肉《びにく》に、じわりと濡れたような感覚が広がる。

「シャルロット――」

心に染み込む名前。自分の名前に今まで少し違和感を覚えていた理由がわかる。これが自分の本当の名前だと理解する。

シンシアの太腿に彼の熱い楔がトラウザーズ越しに当たる。張り詰めた彼もかなり辛そうだった。

「サイラス様……あの……」

シンシアが彼の屹立《きつりつ》に戸惑いを覚えていると、やんわりと制される。

「今日は私のことは気にしなくていい。君を労わりたいだけだ」

「でも……」

「それに、今だって理性を総動員して我慢しているんだ。君に何かされたら私も我慢できなくなる。君に挿れてしまうよ」

「そ、それは……」

まだ彼を躰で受け止める勇気がない。

「大丈夫だ。こう見えても私はかなり意志が強い男だ。君を怖がらせないと決めたら、どんなことがあってもそれを最後まで守るよ」

彼が起き上がって、シンシアの乳房にちゅっと音を立ててキスをした。そこからほんわかとした温かみが生まれる。

そしてすぐに体勢を戻すと、内腿にキスをする。

「んっ……」

彼の指が再びシンシアの中で動く。

「やっ……んっ……」

シンシアの肉芽に親指の腹が触れたかと思うとやんわりと擦られる。挿入された指先が動くたびにシンシアの敏感な粒も刺激され、あまりの強い快感に躰がどこかに行ってしまうような浮遊感に襲われる。

あ……一体、どうなってるの？

こんなところを擦られ、指を激しく抽挿《ちゅうそう》されているというのに、それを気持ちいいと勘違いしてしまう自分が信じられない。

「あっ……ああっ……」

気がどうにかなりそうだった。溢れる快感に翻弄され、意識が遠くなる。

「サイラス……様っ……私、変……何か……変なっ……ああっ……」

大きな快感の振動がドクンと起きる。シンシアの躰の芯まで揺らぐような激しさだった。

刹那、躰がふわりと軽くなり、真っ白な世界に放り出される。

「やっ……あ……っ……」

「シャルロット、愛している。もう二度と私から離れるな——」

彼が深く口づけてきた。

「っ——」

シンシアは美しい薔薇園の中、とうとう意識を手放したのだった。

＊＊＊

シンシアが王城から屋敷に戻ったのは夕方だった。

サイラスはあれから、本当に無理強いすることなく、最後まではいたらなかった。

薔薇園で濃い時間を過ごした後、二人で薔薇を愛で、他愛もない会話をした。そんなことがとても楽しかった。

シンシアのこの三年間についても、サイラスから詳しく聞かれたが、シンシアは正直にそれについても答えた。

まるで夢のような時間だった。自分の失われた記憶が戻らなくても、溝《みぞ》が少しずつ埋まっていくような感じがした。

しかし、まだ不安がすべて取り除かれたわけではない。相変わらず自分が本当にシャルロットかどうか、しっかり判断できない自分がいる。

こんなにも不安が募るのは、サイラスに強く愛されているからかもしれない。

彼に強く愛されれば愛されるほど、彼がシンシアをシャルロットだと思い込んで盲愛して、真実が見えていないからなのではないかと思えてくる。

私はシャルロット——？

自分に何度問いかけても満足できる答えは返ってこない。断片的な記憶だけでは、この不安を払拭することはできなかった。

愛されていることが不安に繋がるなんて、思ってもいなかった。

シンシアは小さく溜息をつくと、夕食の時間まで自室にいようと、荷物を使用人に預け、そのまま部屋へ向かった。そしてそれはシンシアがエントランスの大階段を上ろうとした時に起きた。

「シンシア」

いきなり鋭い声で呼ばれる。階段の上からレガルが厳しい顔をしてシンシアを見つめていた。

「お兄様、お帰りになっていたの？」

帰りは夜だと聞いていた兄が帰宅していたことに、シンシアは最初はなんの含みもなく普通に驚いた。

「早いお帰りだったのね、お兄様」

シンシアは階段を急いで上がると、レガルの傍へと寄った。

「シンシア、どこに行っていたんだ」

心臓が軋《きし》む。やっと自分は兄に黙って王城へ出掛けていたことを思い出した。

「あ……美術館に行ってきたの」

シンシアは出掛ける際に、母に告げた外出理由を、兄にも告げた。

「美術館は臨時休館だ」

「え……」

「こっちに来なさい」

兄に手を引っ張られ、すぐ近くにあった部屋へ強引に押し込められる。そこは父や兄が使っているシガールームであった。今は兄とシンシアの二人しかいない。

「お兄様……」

シンシアの手首を摑むレガルの力が少し強まる。

「シンシア、もう一度聞く。どこに行っていたんだ?」

「っ……」

シンシアは視線を床に落とした。兄に会うなと言われていたのに、サイラスに会ってきたのだ。言葉を失う。

「……王城だな」

兄にいきなり言い当てられて、シンシアは驚いて顔を上げた。

「やはりな」

「ど……うして……」

「お前が私や母上に嘘をついてまで行こうとする場所は王城しかないはずだ」

兄の双眸が鋭く眇《すが》められる。いつもは優しいはずの兄を、シンシアは急に怖いと思った。

「お兄様……」

いきなり手首を強く引き寄せられる。そのまま抱き留められたかと思うと、唇を塞がれていた。

お兄様——!?

あまりの突然のことで、シンシアの思考が停止する。すると腰を抱く手の力が強くなり、レガルの腕にすっぽりと抱き締められてしまう。

「愛している——シンシア。妹としてだけでなく、一人の女性として、お前をずっと愛していた」

「お……にい……さま?」

「あんな男に今さらお前を取られたくない。ここにいろ、シンシア——」

シンシアの背中がしなるほど激しく抱き締められる。

「お兄様……私たち、やっぱり本当の兄妹じゃないの？」

レガルの瞳がはっとしたように見開かれる。兄も自分の失言に気づいたようだ。気が動転して言ってはならないことを口にしたという様子だった。

「お兄様……」

シンシアの声にレガルは真っ直ぐ見つめてきた。そして真剣な顔つきで告げた。

「……本当も嘘も関係ない。私たちが兄妹でもあることに、変わりはない」

兄の言動から、シンシアは自分の素性を確信した。まだしっかりとは信じきれなかった自分の過去。シャルロットとしてアリストラル王国の伯爵家の娘として生きていたという話が、偽りではなく真実であることに、動揺を隠せない。

「私はシャルロットなの？」

「シンシア……記憶が戻ったというわけではないのか？」

兄がシンシアの様子に気づいて、そんなことを尋ねてきた。シンシアは首を横に振って、兄の手から逃れた。

「シンシア！」

シガールームから出ようとすると再び兄の手が引き止める。

「お願い、お兄様。一人にさせて」

「シンシア……」

レガルの手が力なく離れる。シンシアはすぐに部屋から出て、同じフロアにある自室へと駆け込み、ドアに鍵《かぎ》をかけた。

心臓がばくばく波打っている。呼吸が苦しい。

シンシアは胸が締めつけられるような痛みを覚え、手で胸を押さえた。立っていられず、そのまま床へ座り込む。自分の身に起きたことを思い返してみても、きちんと考えがまとらなかった。

自分がシャルロットだったということだけで頭がいっぱいなのに、兄からの告白という衝撃的な事件に、シンシアの思考回路は現実に追いつかない。

『愛している——シンシア。妹としてだけでなく、一人の女性として、お前をずっと愛していた』

私もお兄様のことを愛しているけど、そういう目で見たことがなかった……。

『愛している』の種類が違う。

どうしたらいいの——？

自分の居場所がなくなっていくのを感じずにはいられなかった。ついこの間まで、このランセール子爵家を自分の家、居場所だと思っていたというのに、すべてがシンシアの手のひらから零れ落ちていく。

自分がシンシアでなければ、この家から与えられるものを享受する資格などないのだ。私――。

シンシアが部屋でくずおれていると、控えめにドアをノックする音が聞こえた。

お兄様かしら……。

今はまだ会いたくなかった。どんな顔をして兄に会えばいいのかもわからないし、立ち上がってドアを開ける気力も残っていなかった。

シンシアは返事もせずに、そのままドアを見つめていた。すると――。

「シンシア、お母様ですよ。入ってもいいかしら」

ノックの主は母だった。

「開けてくれるかしら」

母の声に促されて、シンシアは力なく立ち上がり、ドアの鍵を外した。ドアがゆっくりと開く。

「シンシア……」

母が今にも泣きそうな表情で、シンシアを抱き締めてきた。兄も一緒かと思ったが、後ろには誰もいない。どうやら母だけで部屋を訪れてくれたようだった。

「お母様……」

シンシアは母に抱きついた。母はそっと頭を撫でてくれた。

「ごめんなさい、シンシア」

「お母様……」

「すべてはみんな、お母様が悪いの」

母がぽろぽろと涙を流し始めた。

「お母様！」

母の涙など、記憶のある三年間で一度も見たことがない。シンシアは慌てて母を椅子へと座らせた。

「お父様もレガルも、私のために嘘をついてくれていたの。それが結果的にあなたを傷つけることになったとしても……。悪いのはすべてこのお母様です」

「お母様……どういうことなの？」

母の突然の告白に、シンシアは隠された秘密の核心に近づくのを感じずにはいられなかった。

「レガルがね、とても落ち込んでいるのよ。あなたを傷つけたって……。ごめんなさいね。何があったかは詳しくは教えてくれなかったけど、あの子も悪気があってあなたに何かを言ったわけじゃないの」

「お兄様が……」

「とても後悔している様子だったわ」

兄がひどく傷ついていることがシンシアにも伝わってきた。なんにしてもシンシアを優先してくれた優しい兄だ。

そこに恋愛感情があったとしても、シンシアには兄を責められない。その優しさも含め、やはり家族としてだけれども、兄のことが大好きだからだ。

「私こそ、お兄様には酷い態度をとってしまったわ。後で謝っておくわ。だからお母様は悔いに思わないで」

「私の娘、シンシアはね。三年前、療養所からここへ帰る馬車の中で、突然の心臓発作で亡くなったの。まだ十五歳で、憧れていた社交界にもデビューしていなかったわ」

「え……」

いきなりの母の告白に、シンシアの手が止まる。

シンシア、つまり自分は暴漢に襲われて背中に大怪我をし、記憶を失ったと聞いていた。しかしそれがすべて違っていることに、少なからずショックを覚えた。

母は頬に涙を流しながら、シンシアの顔を見上げた。その瞳には、真実を伝えなければという強い意志が漲《みなぎ》っていた。

「娘を亡くした翌日、あなたが浜辺で大怪我をして倒れているのを見つけたの。その髪の色と瞳の色が娘にそっくりで、当初は本当に娘が帰ってきたんだと、娘を亡くしたショックのあまり、信じ込んでしまっていたの」

シンシアは話をしっかり聞こうと、椅子に座る母の足元に座った。母の手が優しくシンシアの髪を撫でてくれる。

「お父様もレガルも、私のことを、自殺でもするんじゃないかと心配してくれていたから、あなたがシンシアではないって、私に言えなかったのよ」

「お母様……」

「それから、あなたが記憶を失っていることが判明して、その身なりから貴族の娘であることはすぐにわかったわ。それに対岸の国、アリストラル王国は内戦中で、貴族も戦いに巻き込まれていると聞いていたから、あなたもその一人だとすぐに予想はついたの」

母の言葉一つ一つが、シンシアに大きな衝撃を与える。それでもシンシアは真実を知りたくて、話を聞き続けた。

「私の精神状態がようやく落ち着いてきて、それから、あなたのことをいろいろ調べたわ。あなたが当時身につけていた物には紋章の入った物もあったので、調べることができたの。それに、向こうのご両親があなたのことを必死に捜していらっしゃったら、こちらで黙っているのも申し訳ないと思ったから……」

そこで母はまた涙を零した。彼女にとってもこの話をするのが辛いのは重々伝わってくる。

「お母様、無理に話されなくても大丈夫よ」

心優しい母が泣くのを見ているのは、シンシアにも耐え難《がた》いものがあった。母は力なく首を横に振ると、話を続けた。

「いいえ、私の間違いのために、あなたを含め、家族の誰一人として不幸になってはいけないのです。皆、私にとってはかけがえのない家族なのですから……」

シンシアのことを今でも家族と口にしてくれる母に感謝した。先ほどまで居場所がなくなったような気になっていたけれど、そんな不安は必要ないことがわかる。

お母様は、私が誰であっても、お母様でいてくださるんだわ……。

シンシアの胸に熱いものが込み上げてきた。

「あなたはアリストラル王国のバーズリー伯爵令嬢、シャルロット・デン・バーズリー嬢です」

「シャルロット・デン・バーズリー……」

サイラスが言った通りの名前だった。

私が……サイラス様の婚約者、シャルロット！

嬉しさからなのか驚愕からなのか、躰が震えて止まらない。

しかし名前を聞いただけでは、シャルロットだった時の記憶は戻ってはこなかった。

「ただ、あなたの出自を知ったのと同時に、あなたのご両親は敵軍によって命を奪われたという話も耳に入ったの」

「両親が敵軍に……」

「ええ、一年という短い内戦でしたが、犠牲者も多く、バーズリー伯爵家は敵軍に屋敷を襲撃されたそうです。そしてあなたは、もうすでに亡くなったことになっていました」

「亡くなったことに……」

それは知っていた。アリストラル王国の王の婚約者は先の内戦で亡くなったというのは誰もが知っている話である。

それが私だったなんて――。

「あなたの二つ歳下の妹君、マリエル嬢が唯一の生き残りだそうです。まだお若いため、国王の特別のはからいで、成人するまでバーズリー伯爵家を王家預かりにされたそうです。たぶん親族による家督《かとく》争いから、マリエル嬢を守りたかったのでしょう」

「私に妹が……」

そして生きている――。

「私が罪を犯したのは、その話を聞いてからです。もう祖国では、あなたは亡くなったことになっている。そしてあちらの家督も妹君に決まっている……。私の耳元で悪魔が何度も囁き、誘惑されてしまいました。ああ、それならば、あなたがシンシアとして生きてくれたらどんなに嬉しいだろうかと……っ」

母が嗚咽を漏らした。シャルロットは立ち上がって、母の背中を撫でた。

「ごめんなさい、シンシア。いえ、シャルロット」

名前を言い直した母に、シャルロットは首を横に振った。

「シンシアのままでいいわ、お母様」

「シンシア……、あなたの人生を変えたのは私なのです。恨むなら、私を恨んで」

母を恨むなんてありえない。記憶を失くして本来なら不幸のどん底へ落ちるところを、そんなことが気にならないくらい、大切に、そして娘同様に育ててくれたのだ。母の気持ちはとても理解できるものだし、恨むのなら母ではなく、そのタイミングを母に課した運命だ。

「お母様、泣かないで。私はお母様の娘になれて、とても幸せなんだから……」

ふと、何気なく零れた自分の言葉に、シャルロットは自分の本音を知った。

そうだわ、私は三年間、とても幸せだったわ——。

それにたとえ一命を取《と》り留《と》めていたとしても、浜辺に誰も通りかからなかったら、そのまま息絶えていたかもしれないし、母ではなく、もっと悪い人間に拾われていたら、今頃どうなっていたかもわからない。

母が与えてくれた幸せを考えれば、むしろ感謝しなければならないくらいだ。恨むなんてとんでもない。

「アリストラル王国の話題が出るたびに私は胸が締めつけられる思いでした。いつあなたが記憶を取り戻して、私のもとから去っていってしまうか……」

「だからお母様、アリストラル王国嫌いでいらしたの？」

母が小さく頷く。思ってもいなかった理由に、シャルロットは涙した。自分のことを母が本当に大切に思ってくれていたことを改めて感じる。

「お母様、私、これからもお母様の娘でいてもいいの？」

「もちろんよ。あなたがシンシアとして生きるのも、シャルロットとして生きるのも自由だし、どちらにしても、あなたが私の娘であることには違いないわ。それはお父様もレガルも同じはずよ」

「お母様！」

シャルロットは椅子に座る母にしがみついた。すると母がぽつりと呟いた。小さな声ではあるが、何かを決心したような、強い響きを持った声だった。

「シンシア、あなた一度、アリストラル王国へ行きなさい」

「お母様……？」

母の突然の言葉にシャルロットは再び顔を上げた。すると母の笑みが向けられていた。

「シンシア、このままでは、どちらにしてもあなたのためにはならないわ。あなたの故郷、アリストラル王国に行って、これからのことを決めてきなさい。あなたが前へ進むためには、必要なことだわ」

母の顔がまたくしゃりと歪む。そして泣き笑いを見せた。

「お母様……」

「ごめんなさい。お母様がこんなふうに泣いたら、あなたが困るだけなのに」

母の決意がどれだけのものか伝わってくる。

本当はきっと、シャルロットにアリストラル王国に行ってほしくはないのだろう。しかしシャルロットのため、自分の気持ちを後回しにしてくれているのだ。

「お母様……」

涙が込み上げてきた。母の思いやりに心打たれる。そしてその思いに甘えることにした。

「ありがとう、お母様……。私、アリストラル王国へ行ってくるわ」

「シンシア……」

「だけど、必ず戻ってくるわ。私が二度と帰ってこないなんて思わないで。ちゃんと部屋も残しておいてね。お母様の衣裳《いしょう》部屋にしちゃ嫌よ」

せっかく涙を堪えていたのに、最後は泣けそうになってきて、わざと冗談っぽく言った。

すると母も笑って言い返してきた。

「あまり帰るのが遅かったら、衣裳部屋にしてしまうかもしれないわ――」

ぎゅっとシャルロットを抱き締めてきた。

「――だから、早く帰ってきて、シンシア」

母の言葉がシャルロットの心の深いところに落ちる。

「バーズリー伯爵家の屋敷があった土地に、花を手向《たむ》けてくるだけ。だから早く帰ってくるわ。待っていて、お母様」

シャルロットは涙の止まらない母をずっと抱き締めていた。しかしそのうちにシャルロットもとうとう堪えることができず、涙で頬を濡らしたのだった。

第五章　小さな嵐

シャルロットはそれから二日後、従者を連れて、船で海を渡り、アリストラル王国へと入国した。しばらく兄、レガルと離れて、頭を冷やしたかったのもある。こんな中途半端な状態でレガルを避けるように離れてしまうのは心苦しいが、いろいろなきっかけが重なり、早々にレダ王国を出立したのだ。

お兄様……ごめんなさい。

この二日間、シャルロットはレガルとなるべく会わないようにしていた。兄にもそれが伝わったようで、無理にシャルロットに会おうとはしてこなかった。母が言うように、レガルもかなり落ち込み、そして反省しているのが伝わってくる。

この旅にはサイラスも同行した。ランセール子爵から、まだレダ王国に滞在中であったサイラスに連絡をしたのだ。その内容は、シンシアがサイラスの婚約者、シャルロットである可能性が高いことを認めると共に、一度アリストラル王国へ行かせるというものだった。

その知らせを受けたサイラスが、シャルロットの帰郷の同行を申し出てきたのだ。

そして今、シャルロットはサイラスと共にバーズリー伯爵家跡地へと向かっていた。

森の中、伯爵家跡地に通じる一本道を真っ直ぐ馬車で進む。馬車の窓から外を見れば、森の木々の間から海がちらちらと見える。それはどこか見覚えのある景色だった。

シャルロットの気持ちがぐっと暗くなる。どうしてか不安に押し潰されそうにもなった。

昼下がりの明るい陽差しに照らされた道なのに、シャルロットには物悲しく感じられる。

それと同時に、この道も前に見たような気がしてきた。

思い出すのは、雨が降っているせいか、足元がぬかるんだ暗い道――。

ここを死にそうな思いで馬を走らせたのはいつだったか。早く行かなければ、すべてを失ってしまうような恐怖感に迫られ、必死で走っていた。

「っ……」

「大丈夫か？　シャルロット」

シャルロットの異変に気づいたサイラスが声をかけてくる。馬車の中にはサイラスとシャルロットだけが乗っており、馬車の外で、シャルロットの従者が馭者《ぎょしゃ》の隣に座っていた。そのため二人の会話を誰かに聞かれることはなかった。

「大丈夫です。ごめんなさい、すごく怖いというか、不安になってきて……」

「三年前のことを思い出したのか？」

「これが三年前の……そうかもしれないわ。まだよくわからないけど」

シャルロットがそう答えると、サイラスがそっと労わるように抱き締めてきた。

「サイラス様……」

「前から言おうと思っていたんだが、私に『様』はいらないよ。シャルロットは私のことを子供の頃からずっとサイラスと呼んでくれていた。だから君に『様』をつけて呼ばれると悲しいよ。できれば昔のように呼んで欲しい」

「サ、サイラス……」

「そうだ、上手に言えたね」

国王を呼び捨てするなどと……と思いながらも、すんなりと出てくる。まるで言い慣れている感じさえした。

私の中で眠っているシャルロットの記憶が反応しているんだわ……。

「もしかしたら、今から辛いことばかりを君に思い出させてしまうかもしれない」

「……構いません。それを覚悟して、ここまで来ました」

殺された両親のこと、そして襲撃された夜のこと。シャルロットとして思い出さなければならない記憶は、楽しいことばかりではない。

「何かあったら、すぐに言ってくれ。馬車はもう伯爵家の屋敷があった場所に到着する」

サイラスの言う通り、すぐに馬車のスピードが緩んだ。森を抜け、広い場所に出た。

「着いたようだ」

サイラスの言葉にシャルロットは顔を上げ、窓から外を見た。そこには草花が風に揺れる広場のようなものがあった。よく見ると、瓦礫《がれき》がまだ残っており、かつて屋敷がそこにあったことがわかる。

「降りよう、シャルロット」

サイラスに促され、シャルロットは馬車から降りた。

地面に足を着けた途端、足元からぞくぞくとした寒気が這い上がってくるようだった。穏やかな陽差しが差し込む広場は、ただ静かで、かつて大勢の人が亡くなった場所には、とても思えない。ひらひらと蝶《ちょう》が舞う姿を目にし、すべてが過去へと流されていってしまったことを、見せつけられた気さえした。

シャルロットはちょうど屋敷のエントランスであった場所に、持ってきた花を手向けた。

「屋敷をそのまま残すことも考えたんだが、崩壊の恐れもあるので、安全のために解体したんだ」

サイラスが、呆然としていたシャルロットの隣で口を開いた。

「この土地は、今は王領として私の管理下に置いてある。いずれ君の家、バーズリー伯爵家に返すつもりだ」

「バーズリー伯爵家に……」

目の前の土地が、かつて自分が住んでいた場所だという実感がない。しかしそう思った時だった。炎がゴッと音を立てて燃え盛る風景が目に浮かんだ。

大勢の兵士らが松明《たいまつ》を持って、大きな屋敷の周りをうろうろしている。

『シャルロット様、お手をお離しください。あなた様だけでもお逃げください』

一人の女性の声が脳裏に響いた。

あれは誰――？

森の中を血だらけの女性を連れて急いで逃げていた。そして女性がとうとう力尽きて、地面に倒れたのだ。追っ手はすぐ傍までやってきていて、倒れた女性を助けるため戻ろうとすると、追っ手はその女性には目もくれず、シャルロット目がけて駆けてきたのを思い出した。

「あ……」

シャルロットは背後の森を振り返った。

「どうした、シャルロット？」

「あちらに、私、走っていったような気が……」

「走っていった？」

「あちらに行ってもいいですか？」

「ああ、行こう。この先は私の腹心が懸念していた場所が……」

シャルロットはサイラスが言い終わらないうちに、走りだした。記憶が残っているうちに動きださないと、また忘れてしまうかもしれないと不安になったからだ。

そう、あの夜、ここを必死で走ったわ……。

あの夜、ぬかるんだ地面に何度も足を取られながら、暗い森の中を恐怖と戦いながら逃げた。

シャルロットは過去の記憶を辿り、三年前、自分が走ったであろう道を、同じように走った。やがて森の向こうから太陽の光に照らされ、きらきらと輝くコバルトブルーの海が見え始める。

あの夜も海が見えた。今とは違い、真っ黒な海で、空には三日月が浮かんでいたはずだ。

そしてその先は――。

「っ！」

シャルロットは崖までやってきた。三年前もここまで逃げてきたのだ。

崖から下を覗くと、強い風が吹き上がってくる。眼下には青い海が白波を立てて、断崖絶壁にぶつかっているのが見えた。

私……ここで！

「危ない！　シャルロット！」

いきなり後ろから腕を引かれる。サイラスだ。シャルロットは過去の記憶に気を取られて、崖から落ちそうになっていた。

「あ！」

そのままサイラスと一緒に地面に転ぶ。

「サイラス！　大丈夫？」

「大丈夫だ。シャルロット、頼むから崖の上に立つのはやめてくれないか……」

サイラスが安堵《あんど》の溜息をつきながら、シャルロットを抱き締めてきた。

「君はたぶんここから落ちて、記憶を失ったんだ」

「ここから落ちて？」

そういえば、以前もサイラスは私が海に落ちたかもしれないって言ってたわ……。

シャルロットは改めて、四つん這いになって崖下を覗いた。途端、背筋がゾゾッとした。

かなりの落差だ。こんなところから落ちたら普通なら生きてはいられない。よほど運がよかったとしか思えなかった。

「まあ、そのお陰で敵にとどめを刺されずに一命を取り留めたんだが、それでも、もう二度とここから落ちないでくれ」

力強く背中から抱き締められる。サイラスの体温を背中に感じ、シャルロットの緊張が解ける。

「私の腹心が、以前君がここから落ちた可能性が高いと言っていたんだが、どうやら本当にそうだったみたいだな」

「落ちたことは覚えていないけど、ここまで敵に追われて必死に走ってきたことは思い出したわ。私、一人の女性と途中で離れ離れになってしまったんだけど、その女性は無事でいるのかしら……」

敵は女性には見向きもしなかったが、大怪我をしていた。無事が気になる。しかしサイラスの表情が曇ったのを目にして、嫌な予感がした。

「正直に言うよ。残念ながら、あの女性は亡くなった。君の乳母だったサシャという女性だ」

サシャ——！

その名前を聞いた途端、子供の頃の記憶が蘇ってくる。小さい頃、サシャに絵本を読んでもらった記憶だ。そして隣にはいつも同じ歳くらいの少女もいた。

あの少女は——。

一瞬、あの少女の無事も確認しようと思ったが、生存者は妹のマリエルだけと耳にしている以上、亡くなったのだろう。

シャルロットは唇を噛み締めた。多くの人間が理不尽に殺されたのだと思うと、怒りと涙が込み上げてくる。

「嫌なことを思い出させてしまったようだね、すまない。だが、シャルロットとしての記憶は嫌なことばかりじゃない。家族との楽しい思い出もあるはずだ。だからシャルロットの記憶を嫌がらないでほしい……」

「……サイラス」

記憶が正常であるなら、本来受け止めるはずだった過去だ。現実から逃げては駄目だとシャルロットは改めて自分に言い聞かせた。すると目の前に手が差し伸べられる。サイラスの手だ。

「さあ、今度は楽しい記憶を捜しに行こう。以前、君と一緒によく行った場所がこの近くにある」

「ええ」

シャルロットはその手を取ると、立ち上がったのだった。


しばらく馬車を走らせ、二人は見晴らしのよい丘に出た。王城のすぐ傍にあり、そこからアリストラル王国の王都全体が見渡せるようになっていた。王都の向こう側にはまた丘が見えた。

「ここは……」

「ここは以前、よく城を抜け出して君と一緒に来ていたんだ」

サイラスはひょいと地面にそのまま座った。とても一国の王がするような所作ではない。

シャルロットが驚いていると、サイラスが悪戯っ子のように笑った。

「ああ、ごめん。いつも君とはこうやって地面に直接座って、夜空を眺めていたからね。もう癖になっているんだ。ちょっと待って」

サイラスはハンカチーフを取り出すと、それを地面に敷いた。

「シャルロット、ここに座って」

「え！　サイラスこそ、そこに座ってください」

思わず恐縮すると、サイラスが大声で笑った。

「そんなに畏まらないで、素直に座って欲しいな。私だって、君に差し出したハンカチーフに、じゃあって言って、図々《ずうずう》しく座ることはできないだろう？」

冗談っぽく言われ、確かにサイラスの言う通りだと思ったシャルロットは、顔を赤くしながらも素直に座ることにした。

「あ……遠慮なく、座らせていただきます」

シャルロットが座ると、サイラスも嬉しそうに笑みを浮かべる。

「内戦が始まる前は、ここに二人でよく夜空を見に来ていたんだ」

「夜空を？」

サイラスはシャルロットの声に頷くと、空を見上げた。

「ここから見る星空は最高だ。星が王都を覆い尽くすように見えるんだよ」

「サイラスは、今もよくここに？」

そう尋ねると、サイラスは少しだけ寂しげな表情を零した。

「君がいた頃はよく来ていたが、一人になってからは来なくなったな。君を思い出すのが辛かったからね」

その表情を見て、シャルロットの胸が痛んだ。そして、知らないうちに大勢の人を傷つけていたことに気づく。

シャルロットが申し訳ない気持ちで目を伏せると、サイラスが言葉を継いできた。

「だけど、ここは君に勇気を貰った場所で、始まりの場所でもあるんだ」

「始まりの場所？」

「そう、始まりの場所だ。内戦を起こす前、私は臣下から戦うべきだと突き上げられていた。だが、私は自分の力に自信がなくて、もし何かあったら臣下や国民を犬死にさせることになるのを恐れて、尻込みしているところがあったんだ」

叔父を倒すために兵を挙げたのは、サイラスが十七歳の時だと聞いている。大勢の命を預かるのに、十七歳という歳は、荷が勝ちすぎるとシャルロットも思う。

「――そんな時に、君は言ったんだ。『星を見ていると、小さなものでもたくさん集まれば、とても強いものになれる』ってね。それで私はかなり勇気を貰ったよ。無力な自分でも、みんなで力を合わせて戦えば、叔父を倒せると思えた」

彼の空よりも青い瞳がシャルロットを捉《とら》えて放さない。シャルロットが心を奪われていると、強い意志を秘めたサイラスの瞳がふと、和らいだ。

「そして、ここで私は君に結婚の申し込みをした」

「え――?」

ここで?

サイラスと見つめ合う。爽《さわ》やかなそよ風がシャルロットの亜麻色の髪を攫《さら》っていく。どこかで小鳥が囀るのが聞こえる穏やかな昼下がりだった。

「もう一度言うよ。シャルロット、私と結婚して欲しい」

「サ、サイラス!?」

いきなりのプロポーズに驚いていると、サイラスがシャルロットの手を取り、その甲に唇を寄せた。

「君が驚くのは無理もないと思う。私は君にとって、会ったばかりの男に過ぎないのはわかっている。だが、君があの時の記憶を失ってしまったというのなら、私は何度でもプロポーズする」

「サイラス……」

「愛している、シャルロット」

彼の顔が間近にあった。シャルロットは彼を誘《いざな》うように静かに瞼を閉じた。ゆっくりと彼の唇がシャルロットの唇に重ね合わせられる。

下唇を甘く吸われる。それだけでジンと下肢が疼いたのがわかった。

私も愛している、この人を——。

記憶を失くしても、躰が、この感触が、サイラスを覚えている。躰中がサイラスを愛していると訴えている。

記憶と取り戻したい。彼との大切な思い出を失いたくない。

シャルロットは改めて前向きに過去の自分を取り戻したいと思った。


シャルロットが王城へ到着したのは、すでに日も暮れた頃だった。城へ入った途端、そこにいた誰もが一瞬動きを止めた。まるで幽霊でも見るような顔つきでシャルロットを見つめる者、涙して帰郷を喜んでくれる者、様々だ。

しかしその様子から、ほぼ全員がシャルロットのことを知っていることが伝わってくる。それはすなわち、この王城に間違いなく自分はいたのだということを示すようなものだった。

夕食はサイラスの弟や妹と一緒にとった。みんなが本当に信じられない様子でシャルロットが生きていたことを喜んでくれた。

少しずつ、自分が本当にシャルロットであることを自覚していく。ただ、三年間シンシアとして生きていたことも、強く意識するようになった。

三年間のシンシアであった自分を捨てて、シャルロットに戻る勇気がない。特にまだシャルロットの記憶がほとんどない今は、他人の生活にいきなり入り込んでしまうような感覚で、躊躇《ちゅうちょ》するしかなかった。

「私、どうしたらいいのかしら……」

シャルロットは与えられた客間のテラスから王城の庭を眺めた。

綺麗に刈られた生垣が、まるで迷路のようになっていた。大きな月に照らされた庭は、白く光り、夜でも散歩できそうなくらい明るかった。

サイラスに再会して、そんなに経っていないはずなのに、シャルロットの周りは目まぐるしく変わってしまった。こうやって、まさかアリストラル王国まで来るとは思ってもいなかった。

「目が冴《さ》えちゃったわ、散歩でもしてこようかしら……」

シャルロットが小さく呟いた時だった。下からパキッという小枝を踏んだような音がした。音のしたほうへふと視線を向けると、そこにはサイラスが立っていた。

「見つかっちゃったね」

「サイラス！」

彼がしまった、という様子で苦笑を浮かべているのが見える。

「いつからそこに？」

サイラスは部屋着に薄手のガウンといった軽装で庭に立っていた。いくら初夏といえども、夜になると冷える。風邪《かぜ》をひかないか心配になる。

「君がこの城にいることが信じられなくてね。本当に部屋にいるかどうか、気になって見に来てしまったんだ。邪魔してすまない」

「いえ、邪魔なんて……私も目が冴えてしまって、寝つけなかったから……」

「偶然だね、私もなんだ。もし、君がよければ、ピアノルームに行かないかい？　君のピアノを聴かせて欲しい」

ピアノ――！

一日でもピアノを弾くのを休むと、指がしっかり動かなくなる。アリストラル王国に出掛けている間は、ピアノは無理だと諦めていたシャルロットにとって、とても嬉しい申し出だった。

「ぜひ、弾かせて！　今着替えてくるわ」

「私と二人だけだから、そのままでいいよ。あ、上に何か羽織《はお》ったほうがいいかな」

「ええ！」

シャルロットはピアノが弾ける嬉しさのあまり、大急ぎで部屋に入ろうとした。するとサイラスにテラスの下から呼び止められる。

「それから、ピアノルームの場所、わからないだろう？　今からそちらへ迎えに行くよ」

「あ……」

そうだった。肝心なことを忘れていた。

「ありがとう……」

シャルロットはそう言って部屋の中に戻り、急いでストールを羽織って、サイラスが迎えに来るのを待った。


ポロン……。

青白い月明かりだけの部屋に、ピアノの音が響く。明かりをつけなかったのは、二人だけの時間を他の何にも邪魔をされたくなかったからだ。

まるでピアノの連弾する時のように、シャルロットの隣にぴったりとサイラスが座って、シャルロットの奏でるピアノの音に聞き入っていた。

シャルロットは『星の王様の夢』を、心を込めて弾いていた。こうやっていざ弾いてみると、やはりサイラスのことを考えながら作曲したんだなと思えてくる。自然とこの曲を作っていた時の気持ちが蘇ってくるような感じがした。

「明日、君の妹のマリエルが会いに来るそうだ」

いきなりサイラスが視線を鍵盤の上に置いたまま、話しかけてきた。

「マリエル……」

胸がざわつく。聞いたことのない名前のはずなのに、気分が高揚する。

「一緒に両親の墓参りに行きたいという連絡が届いている。どうする？」

サイラスの声に、シャルロットはピアノを弾きながら答えた。

「妹に会えば、何か思い出すかもしれないし、両親のお墓にも行ってみたいです」

「わかった。じゃあ、明日の朝、一番に返事をして、昼くらいから出掛けるようにしよう」

「サイラスも一緒に行ってくれるの？」

「ちょっと遅れていくかもしれないかな。レダ王国に遊びに行っている間に、かなり公務が溜まってしまっているからね」

その言い方が少しおかしくて、くすっと笑うと、突然横から唇を塞がれた。思わずピアノを弾く手を止めてしまう。

「駄目だな。そんなに間近で笑ったら、我慢できなくなるだろ？」

笑いながらサイラスが言うも、わずかに戸惑いの色に本音が混ざっているのにシャルロットは気づいてしまう。

「あの、私……」

心臓がどきどきしてきた。手のひらも汗ばむ。でもどうしても言いたいことがある。

「なに？」

「シャルロットの気持ちはまだ思い出せないけど……私、シンシアの気持ちは……あなたに惹かれているの……」

「シャルロット……」

彼の瞳が大きく見開かれた途端、横から荒々しく抱き締められる。

「私、シャルロットの記憶が戻らなくても、シンシアとしても、あなたを好きになってしまったことを、どうしても伝えたかったの」

自分を抱き締める彼を見上げると、間近で彼の瞳とぶつかる。清らかな月明かりが射《さ》す部屋は静かで、サイラスの頬も月に照らされ、白く輝いていた。

シャルロットは自分からサイラスに短いキスをした。するといきなり後頭部に手を回され、何もかも奪い取るような激しいキスを返される。あまりの激しさに逃げようにも、後頭部を固定され逃げられない。代わりに深く、深く彼の口づけを受け入れてしまう。

「あっ……」

やがて彼の唇が惜しむようにシャルロットから離れていく。少し寂しい思いがし、彼の顔を見上げると、そのまま抱き上げられ、月明かりで照らされる窓辺へと運ばれた。毛足の長い絨毯の上にそっと寝かされる。

月明かりで逆光になり、彼の表情はしっかりと見えなかったが、見つめられていることはわかった。

「サイラス……」

黙って見つめられていることが少しだけ怖くなり、彼の名前を呼ぶ。すると切なげに震える声が、シャルロットの鼓膜に届いた。

「三年前、君と別れる寸前に、ここで君に触れたことがあった。今夜、同じこの場所で、君を私のものにしていいだろうか」

「え……」

一瞬、シャルロットは躊躇した。しかし、すぐに思い直す。

もし、また記憶を失うようなことがあったら——。サイラスを愛しているというこの思いまで、過去の私が失ったように、また忘れてしまったら……。

自分の気持ちを素直に相手に告げたほうが、後悔しないと感じた。羞恥心や世間体で、大切な思いを隠して、記憶を失ってしまうようなことは二度としたくない。愛しているという感情を、きちんと相手に伝えておきたい。

……もしまた記憶を失ってしまっても、サイラスが私の気持ちを覚えてくれているのなら、きっとまた愛し合うことができるから——。

シャルロットは自分を真上から覗くサイラスの頬に指先を伸ばした。

「私のことを、これからもずっと覚えていてくれる？」

「ああ、忘れない。君の分まで私が覚えているよ――」

ふわりと羽根のような柔らかく優しいキスが降ってくる。唇に、目尻に、鼻先に。どのキスにも意味が込められているかのように、一つずつ大切に口づけられる。それと同時に、サイラスの指がシャルロットのストールをするりと床に落とした。

シャルロットはサイラスにされるがまま、続けてネグリジェを脱がされる。一緒に彼も自分の衣服を脱いだ。すると筋肉質なバランスのとれた躰がシャルロットの前に現れた。

どきどきしながらもシャルロットは絨毯の上で月光に白い素肌を晒した。それを見下ろすサイラスの双眸が眩しげに細められる。

「もう、君を失いたくない」

「サイ……っ……」

言葉ごとキスで封じ込められる。彼の舌が歯列を割ってシャルロットの口内へ忍び込んできた。すぐに舌をからめとられ、きつく吸われる。きゅんとした甘い痺れが舌先から生まれた。

「んっ……」

口腔《こうこう》を舌で蹂躙《じゅうりん》される。こんな口の中にも快感を覚える場所があることをシャルロットは今の今まで知らなかった。

「あっ……んっ……」

キスから解放されたかと思うと、下唇を緩く噛まれ、舌で舐め上げられる。そしてまた唇にかぶりつくように、サイラスがキスを仕掛けてくる。何度も何度も舌を深くからめとられ、彼と触れ合っているあらゆる部分が蕩けそうに熱くなってきた。

まるで快感以外の感覚がすべて麻痺《まひ》しているようだった。

彼の唇が名残惜しそうに離れると、二人の唇の間にクリスタルガラスでできたような細い糸が繋がれた。まるで運命の糸のようだ。

そのままサイラスの唇がシャルロットの下肢へと滑っていく。月に照らされ真珠のように輝いた肌の上に、彼の唇がゆっくりと辿る道筋が、淫らに光っていた。

サイラスが内腿から淡い茂みへと舌を這わせ、そこをきつくしゃぶってくる。恥ずかしくて足を閉じたくても、彼の頭が内腿に入り込んできて閉じられない。大切な部分を彼の好きにさせるしか、今のシャルロットには術がなかった。

そうしているうちに、彼の唾液《だえき》なのか、自分で漏らしてしまった淫液なのかわからないもので秘部がじわりと濡れるのを感じる。

「だめっ……」

サイラスの舌は、肉花弁で慎《つつ》ましく潜んでいたはずの蜜芯を暴《あば》き、そこを執拗《しつよう》に責めてくる。そのたびに、シャルロットの脊髄《せきずい》を強烈な刺激が突き抜け、躰の芯まで痺れさせた。

「あっ……はっ……ああ……んっ……」

唇を窄《すぼ》めて、ちゅうっと音がするほどきつく吸いつかれる。

「君のここは甘い」

サイラスが舌先で突きながら囁いてくる。

「まるで真っ赤に熟れた甘い果実のようだ。もっと愛でて欲しいと、可愛らしく膨らんでいるよ」

「あ……そんなこと……言わないで……んっ……」

サイラスの言葉に、シャルロットは羞恥でどこかに消えてしまいたくなる。しかしそのたびに、躰の中心が淫らに疼き、快感が燻《くすぶ》りだすのも認めざるを得なかった。

彼が花芯を味わうように何度も舐める。時々きつく吸われたり、甘噛みされたりした。官能的な焔に炙《あぶ》り出されるような感覚に、シャルロットは理性を手放しそうになる。

まるで彼がじわじわと獲物を追い詰め捕食する肉食獣のようにさえ思えてしまう。

私、食べられてしまうの——？

そんな錯覚さえ生まれた。

「かなり解れてきた」

サイラスの舌が秘裂を割って蜜壺《みつつぼ》の奥へと滑り込んできた。たったそれだけの刺激なのに、そこから蜜が溢れ出すのがシャルロットにもわかる。自分の淫らさに熱が籠もる。

「はぁ……んっ……」

またもや嬌声が零れ、恥ずかしさに歯を食い縛るが、堪えきれない。

「あっ……ああっ……」

サイラスの舌に蹂躙されているうちに、もっと硬いものが挿入された。サイラスの指だ。舐めてしっかり解したそこは、すんなりとサイラスの指を受け入れてしまったのだ。

「あっ……」

下肢に違和感を覚えて身を捩れば、思いがけず快感が湧き起こった。

「ああっ……っ……」

サイラスの指に自然と意識が集中する。異物が挿入されたことにより、全神経が下肢に集まったようにさえ思えた。

「お願い……っ……指……抜いて……あっ……ふっ……ああっ……」

「駄目だよ、シャルロット。今からこれよりも、もっと太くて硬いものを挿れるんだ。痛くないように、少しでもここを緩めておこう」

「あっ……そ……んな……っ……んっ……」

サイラスは子供に言い聞かせるように優しく囁きながらも、シャルロットの快楽に潤む襞《ひだ》を指で掻き混ぜた。

強く蜜壁を擦られる。そのたびに目も眩《くら》むような喜悦がシャルロットに襲いかかった。何度もそこを擦り上げられるうちに、指の本数が徐々に増えていく。縦横無尽に動く彼の指に翻弄され、熟れた襞を擦られるたびに、躰はシャルロットの理性を裏切り、悦《よろこ》びの声を上げてしまった。

躰が疼く。もっと熱が欲しいとシャルロットに訴えてくる。そう欲求してしまう自分にシャルロット自身が驚いた。

私はどうなってしまったの——？

自分の躰の変化が怖くなると共に、どうしようもない快楽に身を捩らせる。

指だけではもう足りない。快楽に焦れたような苦しさまで混じりだした。

もっと——。

シャルロットはとうとうサイラスの名前を呼んだ。

「サイラス……もう……」

我慢できない——。

恥も外聞もなく腰を揺らし、サイラスに先を促してしまう。

するといきなり膝裏を持ち上げられ、片足ずつ彼の肩に抱え上げられる。足が開いたまま、その谷間を彼の目に晒す。

「あっ……そんなの……っ……」

シャルロットがこのはしたない体勢に躊躇していると、潤む蜜口に、滾《たぎ》るような熱を持て余す屹立が当てられた。その質量にシャルロットは息を飲んだ。サイラスのものは、想像以上に嵩《かさ》を増し大きく膨れ上がっていた。

「あっ……」

一瞬恐怖を覚える。こんな嵩のあるものが自分の中に入るはずがない。しかしシャルロットが腰を引くよりも早く、彼の劣情が隘路《あいろ》に捻《ね》じ込まれた。

「あああっ……」

異物の侵入を防ごうと、閉じる肉壁を押し広げるように、猛《たけ》った熱が侵入してくる。

ぴっちりと隙間なく彼の楔にまとわりついたシャルロットの膣道《ちつどう》は、普段よりさらに敏感になり、蠢いてしまう。

そして蠢くことにより、シャルロットの襞は一層彼に絡みつき、彼の熱を貪欲《どんよく》に奪おうとする。そこからジュッと焦げつくような痺れが生まれ、シャルロットの淫襞《いんへき》が与えられる喜悦に震える。

あっ……深い……っ。

そう思った瞬間、いきなり切り裂くような痛みが走る。破瓜《はか》したようだ。内腿に熱いものが伝う感触が生まれる。

「痛っ……」

そう訴えても、熱く滾《たぎ》った灼熱《しやくねつ》の楔は、強引に狭い道を押し広げ入ってきた。どこが終点なのかわからないほど奥まで、サイラスの熱に侵される。

ぐちょぐちょという湿った音が、二人の繋がっている部分から聞こえ始めていた。シャルロットの秘宮を目指して、硬くて太い楔が突き進んでいく。次第に痛みも消え始め、逆に中を彼に擦られるたびに淫蕩《いんとう》な痺れが溢れ出すようになっていた。

「あっ……ふっ……」

甘く淫らな熱に浮かされ、我慢できずに楔を強く締めつけてしまう。すると彼の男根の嵩が増す。それがリアルに媚肉を通して伝わってきて、さらなる悦びを知らずと期待してしまう。

「あああっ……あ……」

「シャルロット……大丈夫か？」

目の前にサイラスの心配そうな表情が飛び込んでくる。

「だ……い、丈夫……よ」

声が掠れる。するとサイラスの手がシャルロットの頬に触れてきた。

「全部入ったよ」

「全部……」

彼と一つになれたことを改めて実感する。すると胸の奥底から、ふんわりとした優しい気持ちが湧き起こる。それはやがて大きく膨らんで、シャルロットを幸福の渦《うず》へと導いた。

「愛している、シャルロット。この背中の傷ごと、君のすべてを愛している」

サイラスは背中の傷跡にそっと指を這わせると、そこを指の腹で愛おしそうに、優しく撫でてくれた。

「あ……私も愛しているわ、サイラス」

そう答えた途端、彼が再び腰を動かし始めた。彼の欲望がシャルロットの蜜路を穿《うが》つたびに、躰が快感に痺れ、翻弄される。

「ああっ……」

溢れんばかりの愉悦に、シャルロットは官能を揺さぶるような声を上げた。するとサイラスが意地悪く腰を揺すってきた。さらに深い快楽が、全身に伝わっていく。

躰が熱で溶けてしまいそうだ。サイラスと繋がっている部分が曖昧になってくる。このまま溶け合い、二人の境界線がなくなるような錯覚さえ覚えた。

二つの心音が一つに重なる。求め合う心もお互いへと向けられる。

「あ……んっ……ふっ……ああ……」

シャルロットの嬌声に合わせて、サイラスの抽挿が激しくなる。彼の躍動を直《じか》に感じ、シャルロットは何度も快楽の波に飲み込まれた。

あまりのよさに何度もサイラスをきつく締め上げる。そのたびに、シャルロットの躰の芯からも淫靡な疼きが生まれ、愉悦と混ざり合う。

「ん……はあっ……あぁ……」

秘口の深いところまで突き上げられたかと思うと、すぐにぎりぎりのところまで引き抜かれる。彼が出ていかないようにぎゅっと下肢に力を入れると、それを見越したかのように絶妙なタイミングで、サイラスは淫襞を激しく擦り上げてきた。

「ああ、あっ……もう……だ、め……あっ……変……変になっちゃ……っ……ああっ……」

眩暈《めまい》を感じるほどの快感が襲ってくる。

「あっ……あ……あ、あ……」

激しい抽挿に釣られて、シャルロットの嬌声は甘美なリズムを刻みだす。まるで二人で奏でるハーモニーのようだ。

「はあっ……ん……ああっ……」

高みへ昇り詰めた途端、一気に急降下するような感じがした。魂が抜けてしまいそうな浮遊感に襲われたかと思うと、意識が一瞬、真っ白になった。

「ああっ……」

最後の最後にサイラスが、蜜襞に擦りつけるように己を大きくグラインドさせてきた。恐ろしいほどの悦楽に、シャルロットの意識が飛びそうになる。

「あっ……ああっ……や……ふ……ああっ……」

悲鳴にも似た声が出た。さらにズクンと今までよりも深く穿たれる。

「ああっ……」

もう限界なのに、次々と湧き起こる愉悦に心臓が抉られ、息が止まりそうになった。

「あっ……ふ……んっ……」

どこかへ放り投げられたような感覚に襲われながら、躰の奥で未だ暴れるサイラスをきつく締め上げた。

「くっ……」

男の艶《つや》のある呻き声が頭上でする。すぐに生暖かい飛沫が蜜壺の底で破裂したのを感じた。瞬間、宮内がびっしょりと濡れるような感じたこともない感覚がシャルロットを襲う。

「ああああっ……ふっ……ああっ……」

終わりのない吐精がシャルロットの中で飛沫を上げる。その感触は、彼と一つになれたことを示す証拠だ。シャルロットの胸が幸福感に包まれた。肌を重ね合わせることがこんなにも心を癒してくれるものだとは知らなかった。

彼がゆっくりとシャルロットの上に覆い被さってくる。ぴったりと肌が密着するくらいきつく抱き締められた。頬を彼の胸に預けると、彼のいつもより速い心音が鼓膜に響く。その音を聞いていると、心が満たされていくのを感じた。

今まで記憶を失っていたことによって、心のどこかが欠けているような気がしていたが、それがすべて埋められていくような感じがした。

愛している——。

その思いは何よりも自分を強くし、そして心を充実させる魔法の感情——。

「シャルロット……」

サイラスの甘い吐息がシャルロットの鼻先にかかる。目を閉じるとサイラスがまるで宝物に触れるように優しく口づけをしてくれた。そのまま啄《ついば》むようなキスを繰り返す。

「夜が明けるまで一緒にいてくれないか」

頬が熱くなる。素直に返事をしたいけれど、恥ずかしさが先に立ち、視線を逸らせてどうにか小さく頷くのが精一杯だった。すると頭上で吐息が零れるのを感じた。ふと視線を戻すと、彼の優しげに細められた瞳と正面からかち合う。

「ありがとう、シャルロット」

サイラスの声に、今度こそシャルロットは勇気を出して、彼の首に手を回して引き寄せた。

彼の肩越しから、月の光が静かに窓から差し込んでいるのが目に入る。淡い光に照らされて、ピアノの鍵盤が白く浮き上がっているように見えた。

彼のために曲を作りたい——。

強い欲求がシャルロットに芽生えたのだった。

＊＊＊

瞼の裏がちかちかと光る。眩しさに寝返りを打ち、シャルロットはようやく目が覚めた。

わ、私っ――！

昨夜の秘め事が一気に蘇ってくる。シャルロットは慌てて起き上がった。

「っ！」

隣に寝ていたはずのサイラスの姿はもうなかった。シーツに手をやっても冷たく、彼がここを離れてから、それなりに時間が経っていることがわかる。

昨夜あれからピアノルームでもう一度睦《むつ》み合った後、シャルロットの寝室として用意されていた客間に場所を移し、サイラスと明け方まで一緒にいた。

サイラスはどこへ行ったのかしら――？

ベッドから起き上がり、テーブルの上に目を遣ると手紙が置いてあるのに気づく。サイラスからのもので、抜け出せない会議があるから起こさずに行く、そんな内容のことが書いてあった。

そういえば、昨夜、妹のマリエルと昼から両親の墓参りに行く話が出た時、サイラスは公務が溜まっているから、ちょっと遅れていくようなことを言っていた。その言葉通り、かなり忙しいのだろう。

シャルロットはネグリジェの上からガウンを羽織ると、テラスへと続く窓を開け、外へ出た。

昨夜はこの下にサイラスがいたのだ。今朝は当たり前ではあるが、サイラスの姿はなく、代わりに陽射しを浴びた、美しい庭園がしっかりと見えた。

よく見ると、庭の向こう側の遠くに海が見える。あの海の向こうにはシャルロットの家族がいるレダ王国がある。

お兄様、元気でいるかしら……。

やっぱり祖国のことを思い出すと、一番に気になるのはレガルのことだ。避けるように国を出てきてしまって、兄を傷つけてしまってはいないか心配になる。

レガルに告白されて困ったことは確かだが、シャルロットにとって、レガルは大切な家族であり、自分を大切にしてくれた優しい兄でもある。今もその気持ちに変わりはない。

国に戻ったら、ちゃんとお兄様に謝ろう。

シャルロットはそう心に誓いながら、遠くに見える海にもう一度視線を向けた。

すると、ふと話し声が聞こえてくる。シャルロットはネグリジェにガウンを羽織ったままだったので、誰かに姿を見られる前に素早く隠れた。

「──そうなの、シャルロット様が生きていらっしゃって、陛下は本当に嬉しそうにされているわ。よかったぁ」

　使用人の女性が、二人で話しながらテラスの下を通っていく。どうやらサイラスとシャルロットのことを話題にしているらしい。昨夜も城中の人間が、驚いた顔をしてシャルロットを出迎えてくれた。その様子から考えたとしても、きっとこの城の中で、今一番の話題の人物になっていることは、簡単に想像できた。

「でも、マリエル様とのことはどうなるのかしらね……」

　マリエル？

　シャルロットの妹の名前だ。

「マリエル様の後見人として、陛下は今まで支えていらっしゃったし。マリエル様が成人した暁《あかつき》には、ご結婚も考えられていると聞いたことがあるわ」

　結婚？

　思いも寄らない言葉に、シャルロットの心臓が大きく爆《は》ぜる。

「でも婚約者であったお姉様のシャルロット様が生きていらっしゃったということは、マリエル様とのご結婚はどうなるのかしら」

「ご結婚もだけど、そもそもマリエル様が継ぐはずの爵位もどうなるのかしら。シャルロット様が生きていらしたことは喜ばしいことだけど、いろいろと問題も残りそうねぇ……」

　二人はここがシャルロットに与えられた客間の真下であることを知らないのか、そんなことを小声ではあるが、話しながら歩いていく。

シャルロットは彼女たちが立ち去るまで、ずっとテラスに隠れていた。

そんな……嘘……。

それは、シャルロットにとっては考えてもいなかった話だった。

妹のマリエルがバーズリー伯爵家の唯一の生き残りとして、成人するまでサイラスが後見し、家督争いからマリエルを守るため、一旦爵位を預かっていることは聞いていた。

結婚って――。

確かに一時的でも国王が爵位を預かるというのは、特別な配慮であることはわかる。そして、その爵位を返すということは、その当人と婚姻《こんいん》関係を結び、二人の間にできた子供の一人に爵位を継がせるという意味であることは充分にありえる話だ。

私がいると、妹のマリエルに与えられるべきだったものが与えられなくなる？

ひやりとしたものが、シャルロットの背中に流れる。

私がシャルロットだとしたら、妹から爵位やサイラスを奪うことになる――？

自分の存在が、唯一の肉親から何かを奪うようなことになるとは思ってもいなかった。

そんな――！

シャルロットはテラスに座り込みそうになるのを堪えて、どうにか部屋へと戻った。

妹に会うのは昼からだと聞いている。こんな話を聞いた後では、どんな顔をして会えばいいのかわからない。

私、どうしたら——。

自分の記憶喪失が知らぬところで、大きく人の運命に関わっていることに、戸惑いを隠せない。

不安に潰れそうになる胸をぎゅっと摑んで、シャルロットは痛みに耐えるしかなかった。

第六章　自分との別れ

「お姉様！」

昼過ぎに王城のエントランスで待っていたのは、妹のマリエルだった。シャルロットの顔を見た途端、勢いよく飛びついてきた。

「マ……マリエル？」

初めて見る顔なのに、すぐに妹だとわかった。どうしてか、顔を見た途端、胸に説明のつかない愛しさや懐かしさが込み上げてきたからだ。こんな感情をまったく知らない人に抱くはずがない。

「ごめんなさい。お姉様、まだ記憶が戻ってないのよね？　知らない人がいきなり飛びついてきたりしたら、驚いてしまうわよね。ごめんなさい、つい嬉しくて……」

マリエルは涙を指で拭《ぬぐ》いながら、シャルロットに詫びた。

「謝るのはこちらだわ。私、全部記憶を失ってしまって、何も思い出せないの」

その言葉にマリエルの表情がわずかに曇った。

「私のことも……会っても思い出せない？」

シャルロットは衝動的にマリエルを抱き締めた。

「今は……。でもとても懐かしいという感情だけはしっかりと感じたわ。それに今もわけもなく、あなたを抱き締めたくなったの。これはきっと私があなたをとても愛しいと思っているからだと思うわ」

「お姉様……」

マリエルはシャルロットをそっと抱き返してきた。

「ごめんなさい。お姉様を困らせるつもりはないの。でも少しだけでも思い出してくれたらって……」

シャルロットは彼女の頭を撫でたくなる。さすがに初対面なので、行動に移すことはやめたが、それでもきっと昔は彼女の頭をよく撫でていたような気がした。

彼女からサイラスや爵位を奪うなんて、とてもできない……。

爵位はもしかして、断れば済むことかもしれない。しかしサイラスはどうにもならない。シャルロットがサイラスを諦めない限り、マリエルから奪うことになる。

私、どうしたらいいの？

彼女がもっと性格の悪い、それこそ権力を狙っているような女性であれば、サイラスを渡さないと思えたかもしれない。しかし目の前に現れたのは、素直で、シャルロットのことを本気で心配してくれている心優しい実の妹だった。とても彼女からサイラスを取り戻したいなどと思えない。

サイラスはこのことをどう思っているのかしら――。

サイラスはもしかしたら、シャルロットと結婚するつもりかもしれない。今までの彼の言葉の端々からも、その考えを感じ取れた機会はたくさんあった。

そうなると、彼はマリエルとの結婚を白紙に戻す可能性が高い。

マリエルも結婚話が出ているくらいなのだから、サイラスのことを愛しているに違いないと思う。それなのに、いきなりそれを破棄されたとしたら、マリエルは――。

シャルロットはもう一度マリエルの顔を見た。

「お姉様、どうしたの？　どこか具合でも悪いのかしら……」

「いいえ、大丈夫よ」

マリエルに心配させないようにシャルロットは無理に笑みを浮かべた。

サイラスを諦めることはできない。かといって、マリエルからサイラスを奪うこともできない。

どうしたら――。

もしかしたら運命の歯車は、シャルロットが記憶を失った時から、別の方向へと回り始めてしまったのかもしれない。

シャルロットは不安を抱えながら、迎えに来た馬車にマリエルと二人で乗ったのだった。

なだらかな丘陵《きゅうりょう》地帯を馬車で走る。

シャルロットの両親の墓は、王都の中心から少し離れたバーズリー伯爵家の領地にあるとのことだった。

未だにバーズリー伯爵家の焼け跡に行けないというマリエルは、馬車の中でも、あまりあの夜の惨劇を話そうとはしなかった。その代わり、生前の両親のことや、まだシャルロットが記憶を失っていなかった頃の出来事などを、いくつも話してくれた。

「――それで、お姉様はその時もサイラス陛下と遊びに出掛けていなかったから、後が大変だったのよ」

マリエルは表情豊かに昔のことを話す。シャルロットもなんとなく覚えがあるような気になって、一緒に笑い合い、道中、お喋りに夢中になった。

馬車には護衛の兵士が数人ついていた。そのうちの一人は、ずっと馬車と並行してドア付近を護衛してくれている。護衛隊長である彼は、サイラスの叔父の軍に夜襲をかけられた時、マリエルの命を救ってくれた騎士、ラルクという男性らしい。

「ラルクのことも覚えていない？　ラルクは亡くなったお父様の騎士の一人で、私が子供の頃からずっと一緒なのに、私を主《あるじ》としてしか扱わないの」

少しだけ唇を尖らせて不満を言うマリエルの姿は、シャルロットにとって微笑《ほほえ》ましい光景だった。

「仕方ないような気がするわ。あなたが主君なんだもの」

そう答えると、さらにマリエルの頬が膨らんだ。その様子に思わず笑ってしまうと、マリエルも釣られたように笑い出した。

「お姉様に言われると、本当に仕方ないように思えてくるわ」

この雰囲気なら、シャルロットがずっと気にしていたことを聞けるような気がした。いや、今しか聞く機会はないと自分に言い聞かせ、勇気を持って口にしてみた。

「マリエル、あなた、サイラスと結婚の話があるの？」

途端、マリエルの目が大きく見開いた。

「え？　そんな話、お姉様の耳にまで届いているの？」

どう言っていいのかわからず、結局、単刀直入に聞いてしまい、言葉に詰まる。

マリエルがサイラスと結婚したいと言うのなら、自分が身を引かなければならないかもしれないから、本当は進んで聞きたくはなかった。でも、マリエルを悲しませることもしたくない。自分の感情はどうあれ、妹の気持ちが知りたい思いのほうが強かった。

サイラスを諦めたくない。でも、妹を幸せにしたい――。

この三年間、自分は記憶を失い、辛いことも忘れ、ランセール子爵家の家族として幸せな時間を過ごしていた。その間、マリエルは現実と向き合い、もしかしたら親族との争いにも巻き込まれていたかもしれない。助けがあったとはいえ、それらに立ち向かっていたマリエルのことを思うと、なんとしてでも彼女を幸せにしたいという願いがシャルロットの中に生まれ始めている。

シャルロットが心を決めてマリエルの様子を窺っていると、彼女がにっこりと笑って答えた。

「あれは噂よ。本当の話じゃないの。お姉様とサイラス陛下が結婚するのが、本来のあるべき姿だわ。私のことなんて気にしないで」

「マリエル……でも爵位とか、今、サイラスが預かっているのでしょう？」

「爵位もどちらでもいいの。お姉様が必要なら、お姉様が爵位を継いでくれてもいいの。私には本来、必要ないものだから」

「マリエル……」

本当にそれが、彼女の本心なのかわからない。姉のことを思って口にしているのではないかとも思えてくる。

「マリエル、私もあなたの幸せを一番に考えたいの。気にしないで、なんて言わないで。今はまだ記憶が戻ってないから、何を言っても重みがないかもしれないけど、あなたは私にとってこの世でたった一人の大切な妹なの。気にするに決まっているわ」

「お姉様……」

「マリ……あっ！」

いきなり馬車がガクンと揺れた。何事かと思っていると、馬車と並走していたラルクが声をかけてきた。

「マリエル様！　何者かが、弓矢を放ってきております。恐らく伯爵の座を狙っている何者かの手の者かと！　馬車のスピードを上げさせます。お怪我をなさらないように、しっかりしがみついていてください！」

「ラルク！」

マリエルが椅子から立ち上がり、窓から彼の名前を呼んだが、ラルクはすでに馬車から離れ、後を追ってくる敵を迎え撃つ態勢をとっていた。

馬車の揺れが激しくなる。ラルクが言ったように馬車のスピードが上がったようだ。シャルロットは立っていたマリエルを支えながら、椅子に座らせた。

「マリエル、どういうこと？　伯爵の座を狙っているって……」

「お姉様にはまだ言ってなかったけど、親族の中で三人ほど、伯爵の爵位を狙っている人間がいるの。私さえ亡き者にすれば、その者たちに爵位継承権が移るとばかりに、最近は刺客を送り込んでくるの」

「刺客!?」

恐ろしい言葉にシャルロットは声を上げてしまった。妹がそんな危険な立場に身を置いていたことなど、まったく知らなかった。

「そのことをサイラスは知っているの?」

左右に激しく揺れる馬車の中で、シャルロットはマリエルを躰で庇いながら話しかけた。

「ええ、それで今、急いで陛下が家督争いによる勅 諚《ちょくじょう》を出されようとしているの。だから相手も余計焦り始めているんだと思う」

「そんな……」

「それに死んだと思われていたお姉様まで現れたから、敵も必死なのよ。伯爵の継承権を持つ人物を一度に二人とも殺せる機会なんて、あまりないから……きゃっ!」

馬車がガクンと大きく跳ねる。この激しい揺れに、敵から逃げきれるか心配になってくる。

それに、どこまで逃げればいいのかもわからない。両親の墓地まで行って、それで安全というわけでもないだろう。

「敵はっ……」

シャルロットはマリエルを椅子に横たわらせると、自分は馬車の床を這って、窓へと近づく。恐る恐る外を覗くと、敵を食い止めている護衛の姿が遠くに見えた。今、馬車には一人も護衛がついていない。ここで何者かに襲われたら、ひとたまりもなかった。

シャルロットはマリエルに振り返った。

「マリエル、どこまで行けば逃げられるの？」

「領地に別邸があるわ。そこに行けば人も大勢いるし、どうにかなると思うの。この馬車もそこを目指しているはずよ」

馬の蹄と共に、ガラガラと馬車の車輪が回る音が大きく響く。

そこまで車輪がもつだろうか。そして敵に追いつかれたりはしないだろうか。

「つ……マリエル、剣ってある？」

「剣？」

「お父様の騎士たちと一緒に、昔、剣の稽古《けいこ》をしていたから、少しは扱えるわ。もしもの時に備えて持っておきたいの」

そう告げた途端、マリエルが驚きの表情を見せた。

「……お姉様！　記憶が……」

「え？　あ！」

今、私――！

自然と自分の過去を思い出した。父の顔や、一緒に稽古をしてくれた騎士たちの顔も同時に思い出す。

すると次々と雪崩《なだれ》のように過去の記憶がシャルロットの脳裏に押し寄せた。そして記憶を失う直前の様子も一緒に蘇ってくる。

「っ！」

あまりにも恐ろしい記憶に躰が竦む。

あの夜、シャルロットは、マリエルや両親の身を心配し、屋敷までやってきて、多くの大切な人の死を知ったのだ。そして自分も敵に斬られ、海へと落ちた——。

私は……シンシアじゃなくて、シャルロット——！

「うっ！」

鋭い頭痛が走った。途端何かが閃くようにして、過去の記憶が鮮明に思い出される。

「お姉様、大丈夫っ？」

大揺れの馬車の中、マリエルが必死に近寄ってくる。そしてシャルロットの躰に手が触れたと思うと、ぎゅうっと強く抱きついてきた。

「お姉様……大丈夫だから。私がお姉様を守るから——」

「マリエル……」

妹にそんなことを言わせる自分が情けない。自分こそ妹を守らなければならないというのに。今度こそ、きちんと守りたい。

……今、目の前の危機からなんとか脱しないといけないのに、こんなところで過去の記憶に翻弄されていたら駄目だわ。過去は過去よ。しっかりして、シャルロット！

シャルロットは自分自身を叱咤《しった》した。

「大丈夫よ。記憶が一気に戻ってきたから、ちょっと頭の中が混乱しただけ。で、剣はないのかしら?」

「あるわ。護身用の物がこの椅子の下に隠してあるの。あと私も、万が一があるといけないって、ラルクから短剣を渡されているわ」

マリエルが椅子の下から剣を取り出し、シャルロットに渡してきた。そして自分もドレスの裾を捲り上げ、ドロワーズの上に革のベルトで固定してあった短剣を取る。

このまま逃げきることができれば、それに越したことはない。馬車の馭者も懸命に馬を走らせ全力を尽くしてくれている。

振り落とされないように二人で椅子にしがみついていると、どこからか地響きが聞こえてきた。それが多くの馬の蹄の音からなるものだと気づくのに時間はかからなかった。

「お姉様!」

マリエルもその音に気づいたようだ。

二人でもう一度馬車の窓から外を窺う。すると、かなりの軍勢が馬車の進行方向からやってくるのが見えた。

「挟み撃ちにされたら、大変だわ!」

しかし、道は一本道だ。逃げようがない。馬も全速力で走っているので、急に方向転換させたりしたら、馬車ごと倒れる可能性もある。そうなると逃げるどころではなくなる。

どうしたらいいの――？

正面から大勢の兵士が現れる。

兵士――？

シャルロットはふとそれに気づく。敵は兵士ではなかったはずだ。黒尽くめの男たちだった。

それではこれは――？

ふと風に閃く旗が目に入った。

あの旗印は――！

「この軍はサイラスの軍だわ！　マリエル！」

「本当だわ！」

横で一緒に外を見ていたマリエルが嬉しそうに叫ぶ。

サイラス――！

大勢の騎馬兵が猛スピードで馬車とすれ違い、後方へと駆けていく。みんな、後方で戦っているマリエルの護衛の援護に回るようだ。

「はぁ……よかったわ……」

シャルロットもマリエルも足腰から力が抜け、へなへなと床へと座り込んだ。そして二人で顔を見合わせて笑い合う。

「とんでもないお墓参りになってしまったわね」

シャルロットがそう言うと、マリエルは大きく頷いた。

「でも、お姉様の記憶が戻ったから、終わりよければすべてよし、かしら」

「マリエル……」

シャルロットの記憶が戻ったことを、心底喜んでいるマリエルの姿を見て、不安だった心が軽くなる。このままここにシャルロットとして戻ってきてもいいのだと思えてくる。

三年前の生活に少しずつ戻れるのかしら……。

馬車が徐々にスピードを緩め、揺れも収まってくる。そしてようやく馬車が止まった。

シャルロットとマリエルは急いで馬車の外へと出た。そこには馬に乗ったサイラスが兵士を従えて待っていてくれた。

「サイラス……」

声をかけると、シャルロットの姿を確認したサイラスは馬から下りて、駆け寄ってきた。

「無事でよかった、シャルロット。そしてマリエルも怪我はないようだな」

彼はシャルロットを抱き締めながら、隣に立つマリエルにも声をかける。シャルロットはサイラスに会えたことに安堵しながらも、しかしあまりにタイミングのよい彼の登場に、少し疑問が残った。

「どうしてここに？　サイラスは後から来るはずじゃなかったの？」

「そのはずだったんだが……」

サイラスが少しだけ気まずそうに口籠もる。ふと、シャルロットはサイラスの背後に人が立っているのに気づいた。サイラスの腹心、ローランだ。少し前のシャルロットだったら、彼のことを思い出せなかったが、記憶が戻った今、すぐにローランのことがわかった。そしてその状況にもピンとくるものがあった。

ローランがいるということは、何か考えがあって、サイラスもここにいたんだわ。

そして同じようなことを、妹のマリエルも感じたようだ。ローランに詰め寄っていた。

「ローラン殿、これはどういうことですか？　どうしてお二方が、ここにいらっしゃったんですか？　ええ、もちろん偶然じゃありませんよね」

見かねたサイラスが二人の中に入った。

「今回はある意味、ローランの手柄だ。そう責めないでやってくれないか、マリエル」

「私たち本当に冷や冷やしたんですよ、ねえ、お姉様」

「ええ……」

シャルロットもマリエルに同意すると、サイラスが苦笑した。

「怖がらせてすまなかった。実は今朝、閣僚《かくりよう》との会議の前に、ローランにシャルロットとマリエルが領地へご両親の墓参りに行くことを話したら、敵が狙って襲ってくる可能性が高いから罠《わな》を張ったらどうかという話になったんだ」

「罠を張る……？」

「ああ、シャルロット、君にはまだ話してなかったが、バーズリー伯爵家はこのアリストラル王国ではかなり有力な大貴族なんだ」

バーズリー伯爵家が大貴族だったということは知っているわ……。

サイラスはまだシャルロットが記憶を取り戻したことに気づいていないため、バーズリー伯爵家のおおまかな説明をしてくれた。

「——ということもあり、伯爵家当主になりたがる輩《やから》が後を絶たなくて、少々困った状況になっている。それで苦肉の策で、マリエルが不審な死を遂げた場合、バーズリー伯爵家の爵位及び所有するものすべて、国が没収するという命を出す準備に取りかかっているところなんだよ。しかしこれも極端すぎると一部から反対の声が上がっていてね。なかなか進まないのが実情だ」

アリストラル王国はサイラスが国王になってから、王の独裁を廃止した。国民のために国はあるべきだと、有能な人間を階級問わず起用し、国造りを進めている。

そのため、こういうことも議会を通さないといけなくなってしまったようだ。

「マリエルや君のこともある。こうなったら、敵を一網打尽《いちもうだじん》にしたほうが手っ取り早いと、今回のローランの考えに賛同したんだ。二人が一緒に行動するなんて、滅多にない機会だからね」

隣でサイラスの話を聞いていたマリエルが容赦なく追及する。

「やっぱり陛下、私たちを囮《おとり》にされたんですね」

マリエルの声に、サイラスが困ったような笑みを浮かべる。

「最初は君たちに、領地へ出掛けるのをやめさせようと思ったんだ、これでもね。やはり危険な目にはなるべく遭わせたくない」

「……それを、ローラン殿が止めたんですね」

マリエルがじろりとサイラスの背後に控えるローランを睨んだ。するとローランがマリエルに説明し始めた。

「せっかく相手が出てきてくれるのです。罠を張って、さっさと敵を捕まえたほうが後々を考えれば、お二方のためにもいいと判断いたしました。それにマリエル様がそんなに簡単に敵に捕まるようなお方ではないと存じ上げておりましたし」

最後にはマリエルがお転婆であると、さりげなく嫌みまでつけ足してくる。シャルロットは相変わらずのローランに、つい笑みを零してしまった。

「そういうことで、私たちは君たちに内緒で先回りをして待っていたんだ。君たちを囮に使ったのは申し訳ないと思うが、私はここで敵を殲滅《せんめつ》させる自信があったから、今回の作戦を実行した」

強い意志を持った瞳が真っ直ぐシャルロットに向けられる。それはもう絶対、君を失ったりはしないという決意が窺える瞳だった。

シャルロットがサイラスの瞳に囚われていると、隣からローランが声をかけてきた。

「陛下、敵を捕まえて味方の軍が戻ってきたようです」

ローランの視線の先を追うと、黒尽くめの男たちを生け捕りにした兵士たちが、向こうから戻ってくるのが見えた。

「彼らに声をかけてくる」

サイラスはシャルロットに微笑むと、すぐに兵士たちのほうへと歩いていってしまった。

記憶が戻ったことは、後で落ち着いてから話そう……。

シャルロットは兵士に向かって歩いていってしまったサイラスの背中を見つめた。すると、いきなり背後から声がかかった。

「シャルロット様」

振り返ると、そこにはたった今戻ってきたばかりのマリエルの護衛の騎士、ラルクが立っていた。

「ラルク殿、守ってくださってありがとうございました」

シャルロットが礼を口にすると、ラルクは膝を折った。

「お願いがございます。シャルロット様」

「私に？　マリエルではなくて？」

シャルロットはマリエルに視線を向けるが、マリエルはローランにまだ言い足りないとばかりに、文句を言うのに夢中で、こちらのことに気づいていないようだった。

「ええ、シャルロット様に、ぜひともお願いしたいことがございます。失礼ながら、先ほど馬車の中でのマリエル様とシャルロット様の会話が耳に入ってしまいました」

ラルクはずっと馬車と並走していたので、馬車での会話が漏れ聞こえていても不思議ではない。シャルロットはラルクの顔をそのままじっと見つめた。

「もし、あなた様の記憶が戻っておらず、サイラス陛下に恋愛感情を抱かれておられないのなら、どうぞ、マリエル様にサイラス陛下とのご結婚をお勧めください」

「え……？」

どういうこと？

シャルロットはラルクの言おうとしていることが、よくわからなかった。

「マリエル様はサイラス陛下と結婚すべきなのです。成人して爵位を継承されても、しっかりとした後ろ盾がなければ、家を盛り立てることはできません」

「でもマリエルはサイラスとは結婚しないと……」

「マリエル様の気遣いだと思われます。姉君であるシャルロット様の幸せを奪いたくないのです。マリエル様は爵位もサイラス陛下もあなた様にお渡しするつもりなのだと思います」

「そんな……」

「私はずっとマリエル様を守って参りました。ただこの先となると、私だけでは力不足となりましょう。伯爵家も含め、マリエル様をお守りできるのは陛下しかいらっしゃいません。どうかシャルロット様、もしご記憶がまだ戻っていらっしゃらないのなら、マリエル様からすべてを奪われないでください。ご家族を亡くされ、シャルロット様が現れるまで、ずっとお一人で頑張ってこられたのです。どうかマリエル様を幸せにして差しあげてください」

「ラルク殿……」

父の騎士の一人で、マリエルを長い間守ってきた彼は、マリエルを本当に大切に思ってくれているのだということが伝わってくる。たしか歳もシャルロットと五歳ほどしか違わないはずだ。彼もまた、いろいろ苦労をしてきた一人に違いない。

すべてはバーズリー伯爵家とマリエルのために——。

私……自分のことばかり考えていたわ……。

足元がぐらつくような感じがした。自分の記憶が戻ればすべて解決すると、素直に信じていた頃が、もう遥か遠い昔に感じた。

記憶が戻ったことを知られないほうがいいのかもしれない。マリエルに馬車の中で記憶が戻ったことを気づかれたが、あれも一部分だけ思い出したと言い直せば、誤魔化せる気がする。

やはり運命の歯車は、別の方向へと回り始めてしまったようだ。

サイラス、私――。

「っ……」

言葉には言い表せない思いが迸《ほとばし》る。しかしそれを誰にも悟られてはいけない。そうでなければ、みんなが幸せになれないから。

私……記憶が戻らない振りをして、レダ王国に戻ったほうがいいわ。私はランセール子爵家のシンシアとして一生暮らしていこう。そして向こうのお父様やお母様、お兄様と幸せを分かち合って生きていこう――。

それで時々、サイラスとマリエルに会いにアリストラル王国へ遊びに行くことができたら、どんなに素敵な人生か――。

それがみんなの幸せを守れる一番の方法のような気がした。

シャルロットは深呼吸をして、心を落ち着けた。そして心配そうに見つめてくるラルクに無理に笑いかけた。

「――大丈夫よ、ラルク殿。私の記憶はまだほとんど戻っていないし、最初からレダ王国に帰るつもりだったから、結婚もする気はないわ。ここへは、記憶が思い出せたらいいなって思って来ただけなの。だから心配しないで。私、マリエルから何かを奪おうなんてこと思ってないわ」

「シャルロット様……」

「それよりも、ラルク殿、私がレダ王国に戻っても、マリエルをずっと守っていてね。これは私からのお願いよ」

彼の瞳に一筋の光が宿ったかと思うと、拳をさっと胸に置いた。騎士が宣誓《せんせい》をする時の姿勢だ。

「この身に代えましても、マリエル様をお守りいたします」

「ありがとう」

シャルロットはそのまま空を見上げた。心まで晴れやかにしてくれそうな真っ青な空だ。少しだけ胸が切なく痛むが、きっといつか癒えるに違いない。

視線を地上に戻す。するとサイラスが大勢の兵士に囲まれて、何かを話し合っているのが目に入った。そしてそこから視線を移すと、ラルクの肩越しに、マリエルがまだローランに文句を言っている姿が見える。

急に胸がジンと熱くなった。

この光景を忘れないでおこう――。

そう心に決める。シャルロットの大切な人たちが、きらきらと輝いて生きている今を、この目に焼きつけておきたい。いつまでも絶対に忘れないように。

髪が風に靡くのを手で掻き上げる。視界が一層はっきりとする。

「私、そろそろ帰ろうかしら……」

「え？」

ラルクがシャルロットの小さな呟きを聞き返してくる。

「家族が恋しくなったわ」

振《ふ》り仰《あお》いで呟いた声は、そのまま青い空へと吸い込まれていった。


そして三日後、サイラスが地方へ視察に出掛けたのを見計らって、シャルロットは手紙を置いて、レダ王国へと戻った。

それは美しい緑が映《は》える、清々《すがすが》しい朝のことだった。

第七章　幸せの足音

「もう、お母様、買いすぎだわ」

シャルロットは満面の笑みを浮かべる母を注意した。目の前には木箱いっぱいに入った桃が置いてある。

「だって、こんなに立派な桃、なかなかお目にかかれないんですもの」

母は上機嫌で箱の中の桃を見つめている。さらに鼻歌まで歌っていた。

「やっぱりメアリーにお母様の見張りを頼んでおくべきだったわ」

メアリーとはランセール子爵家のメイド頭で、シャルロットの祖母くらいの歳の女性だ。

「あら、メアリーだって、一緒に買い物したとしても、こんな立派な桃なら買うのを賛成するわよね」

「量が多すぎますけどね、奥様」

リビングの傍らでシャルロットと母のやり取りを見ていたメアリーが、溜息混じりに応えた。

今日、母は夜会のドレスを誂《あつら》えに街へ出掛けたのだが、子爵夫人ともあろう人が、こっそりその通り沿いにある市場に寄って、桃を大量に買ってきたのだ。母いわく、一目惚《ひとめぼ》れらしいが、量がとんでもなく多かった。

母が趣味のお菓子作りをする時は、大抵は使用人に材料を買ってきてもらうようにしているが、時々、こうやって自分で買いに行ってしまう。そうなると、量が半端なく多くなる。

「まずは生で食べて、それから桃のケーキやピーチパイ。コンフォートにジャムにもなるわね。ふふ、腕が鳴るわ」

「奥様……誰がそんなにお食べになるんですか」

「お父様とレガルが、ちゃんと食べるわ。ね、シンシア」

「そ、そうね」

シャルロットは心の中で、父と兄を哀《あわ》れに思いながらも、母の楽しそうな姿を見ていると、つい味方をしてしまう。

アリストラル王国から帰ってきて、すでに一週間が経っていた。

こちらの家族には、あちらに行ってもやはり記憶が戻らず、自分はサイラスの婚約者だったかもしれないが、とても今の自分では彼と結婚できないと話をした。

サイラスからはなんの連絡もない。地方の視察に三日ほどかかると聞いていたから、もう城には戻っているはずなのに、何も音沙汰《おとさた》がなかった。

手紙を読んで、納得してくれたのかしら……。

それはそれで、少し悲しくなってしまう。手紙には、記憶が戻らず、アリストラル王国で暮らしていくのは辛い……そんなことをつらつら書いて置いてきた。

手紙だけで、シャルロットの気持ちを理解して、そっとしておいてくれているのかもしれない。

本当はそんな手紙で納得せずに、サイラスに会いに来て欲しいという思いも、少なからずある。未練がましいとは思っても、やはり愛している人だから、なかなか諦めきれない自分がいるのも確かだ。

でも、彼に来てもらわないほうがいいこともわかっている。このまま自然に時間が経ち、気持ちが穏やかになるまで、そっとしておいてくれるのが一番いい。そうすれば心にも負担なく、彼を忘れられると思う。

会わないのは辛いけど、会っても辛い。

やはり解決してくれるのは時間だけのような気がした。

「シンシア」

自分の名前を呼ばれる。記憶が戻ってからは、前以上に名前に違和感を覚えてしまうが、これにも慣れなくてはならない。

「なに？　お母様」

「最近、ぼんやりしていることが多い気がするけど、何か記憶が戻ってきたの？」

母もシャルロットの記憶のことが気になるようだ。何かと心配してくれる。シャルロットとしてはこのまま記憶が戻っていない振りをして、ランセールの家族を大切にしていきたいと願っているので、こればかりは嘘を貫き通すと決めていた。

「ううん、記憶は戻ってないわ。そんなに私、ぼんやりしてる？」

そう聞き返すと、母は困った様子で笑った。

「時々、心ここにあらず、という感じだから。あちらで何かあったのかしらって、ちょっと心配になるの」

あちらというのはアリストラル王国のことだ。

「あちらでは、サイラス陛下の他に、私の妹だっていう女性にも会ったの。楽しかったけど、なんだかホームシックになってしまって、早く家に帰りたいなって、そんなことばかり考えていたわ」

それは本当だ。亡くなった両親の墓参りを終えてから、シャルロットはこちらの家族に会いたくてたまらなかった。

「私ね、お母様やお父様が許してくださるなら、今まで通り、ここの娘でいたいの」

「シンシア……」

「ちょっと図々しいかもしれないけど……」

その言葉に母は涙目になりながらも、首を横に振った。

「あなたがどこの誰であろうと、私たちの娘であることには間違いないわ。それだけは忘れないでちょうだい。あなたは大事な私の娘よ」

「お母様……」

シャルロットの目にも涙が溢れた。こんなにも家族として愛されていることに、感謝してもしきれない。自分もできることなら、一生をかけて、同じだけ父や母、兄に幸せを返していきたい。

「こんなことを言っては、あなたの負担になるかもしれないけど、あなたがレガルと結婚して、名実共に、私の娘になってくれたら、どんなに嬉しいか……」

「お兄様と結婚っ!?」

母にそんなことを言われるとは思っておらず、つい大声を出してしまった。すると母が慌てて言葉を足してきた。

「ああ、本気にしないでいいのよ。なんとなくそうなってくれたら嬉しいなって私が勝手に思っているだけだから」

申し訳なさげに母は言うが、母の気持ちがぽろりと零れたことは間違いない。

「お母様……」

「私ったら何を勝手に言っているのかしらね。さあ、桃の皮を剥きましょうか」

お兄様と――。

サイラスとマリエルの結婚を祝った後なら、レガルのことを真剣に考えることができるかもしれない。

兄とは結局、普段と変わらずに接している。兄に告白されて、逃げるようにアリストラル王国へ行ったのに、兄はそのことを責めるどころか、早々に帰ってきたシャルロットのことを心配してくれた。

心の負担にならないようにと、自分の思いよりもシャルロットのことを優先し、気遣ってくれていることが伝わってくる。そしてシャルロットも、その兄の優しさに甘えて、彼の告白に答えを出さずにいた。

あの時のレガルの告白に、イエスと答えを出したら、前へ進めるのかしら。

記憶を亡くしたことで入り込んでしまった迷路から、抜け出すことができるのかしら。

記憶に翻弄され、ただ足掻いているだけの自分ではなく、素直にサイラスのことを祝えるくらいに、シンシアとして前へ進んでいきたい。

「お母様」

「なに？」

「あのね、もう少し気持ちが落ち着いたら、お兄様との結婚のこと、考えてみるわ。私、お兄様のこと大好きだもの」

母の目がみるみるうちに大きく見開かれる。

「シンシア……」

「でもね、私、まだすぐには結婚したくないわ。いろいろとやりたいこともあるし」

「そうね、急ぐことないわよね。私ったら、あなたを少しでも近くに置いておきたいから、一人で先走っちゃっているわね」

母の目元がきらりと光る。最近、母を泣かせてばかりだ。申し訳ないと思うと同時に、いつか泣かせた分以上に、母を幸せにすると誓う。

するとそこへ使用人がリビングへとやってきた。

「奥様、お客様がいらっしゃっておりますが……」

「あら、どなたかしら？」

「それが――」

その来客の名前に、シャルロットは母と顔を見合わせたのだった。


ランセール子爵家のティールームは母の趣味で、マカロンカラーで統一された、可愛らしい部屋になっている。

淡いグリーンの壁紙には白い小花が散らされ、部屋の調度品も柔らかなカーブを基調にしたアンティーク物である。

そこに母の手作りのお菓子を並べ、みんなでお茶をするのが、母の子供の頃からの夢だったらしい。

「まるで絵本に出てくるような可愛らしいお部屋！」

目の前の女性……シャルロットの妹、マリエルが目を輝かせて部屋を見渡す。

いきなりの来客はマリエルだった。突然の訪問に、シャルロットも母も驚きを隠せずにいるのを、笑顔でこんにちはと挨拶をして、現れたのだ。

「お母様の長年の夢がいっぱい詰まったティールームなの」

「ちょっと憧れるわ」

棚に並べてある可愛らしい小物も、母が厳選し、部屋の雰囲気に合わせた物ばかりだ。

「それよりもマリエル、今日はどうしたの？　突然すぎて驚いたわ」

シャルロットが尋ねると、マリエルが申し訳なさそうに手を顔の前で合わせた。

「お姉様がどんなところで暮らしているのか、どうしても見たかったの。急に来てしまって、ごめんなさい。後でランセール子爵夫人にも謝っておいてね」

「それだけならいいけど、何かあったのかって心配したわ。何もないなら大丈夫よ。うちはいつでも遊びに来てくれて構わないし。むしろ来てくれて嬉しいわ」

「ありがとう、お姉様」

ティーテーブルの上には、桃は間に合わなかったが、今朝焼いたばかりのマドレーヌとクッキー、そしてサンドイッチに、可愛らしい器に盛られたジャムがスタンドに飾られている。ジャムは母の手作りのイチジクの物である。

「サンドイッチ以外は母が作ったの。娘が言うのもなんだけど、母のお菓子、とても美味しいから、ぜひ食べてみて」

「え？　ランセール子爵夫人が作られたの？」

マリエルが目をきらきらさせてスタンドに顔を寄せた。その様子がとても可愛らしく、思わずシャルロットは笑みを浮かべた。

「母はお菓子作りが趣味なの」

「素敵ね……はぁ……」

マリエルが感嘆の溜息を零す。

「食べていい？」

「ええ、どうぞ」

シャルロットが勧めると、早速マリエルはマドレーヌを口にした。

「わぁ……美味しい。優しい味ね。お姉様がここにいたい気持ちがわかるような気がするわ」

しみじみと言われ、シャルロットはふとマリエルに違和感を覚えた。

「マリエル……？」

マリエルの瞳が真剣にシャルロットを見つめている。少し怒っているようにも見えた。

「お姉様……記憶が戻っていないなんて嘘でしょう？」

「え……嘘って……。何を言っているの？　少しずつ思い出したりするけど、本当に昔のことはほとんど思い出せないのよ」

シャルロットは内心焦りながらも、言い繕った。しかしマリエルはそんなシャルロットにお構いなしに言葉を続けた。

「ラルクから聞いたわ。お姉さまに莫迦なお願いをしたって――」

「え？」

シャルロットが固まると、マリエルはそれまで手にしていたマドレーヌを一旦、皿の上に置いた。

「お姉様はあの馬車の中で記憶が戻ったと口にしたわ」

「それは……そんな気がしたからよ。気が動転していて、思い出した気になっていただけよ」

あの騒動の中、馬車での会話はうやむやにしてしまえば、上手く騙《だま》せるかと思っていたが、妹はしっかり覚えていたようだ。

「それに現れた軍勢をすぐにサイラス陛下の軍だと判別したのは、旗印《はたじるし》を知っていたからでしょう？　陛下の旗印は戦時中ではない今、滅多に使われないわ。普段は王家の旗印が使用されているから。あの旗印は三年前の内戦を経験している人間じゃないと、なかなか知らない物よ」

「マリエル……」

「ラルクはお姉様が記憶を失ったままだと思ったから、莫迦なことをお願いしたの」

それまで怒りを露にしていたマリエルの表情が、苦しげに歪められた。

「……お姉様、私はサイラス陛下とは結婚しません」

「マリエル！」

マリエルがこれからバーズリー伯爵家を継ぐには、サイラスの後ろ盾が必要だ。先日、襲われたことによって、それをさらに強く感じている。王家の庇護《ひご》がなければ、きっと権力争いなどに負け、潰されるかまたは親族の誰かに乗っ取られてしまうかもしれない。

「マリエル、あなたは伯爵家を継ぐのだから――」

シャルロットの言葉が終わらないうちに、マリエルはしっかりした声で告げてきた。

「だからお姉様が、もし私のためと思って、身を引くというのなら、大きな間違いだわ」

「っ……」

「私、ラルクが好きなの」

「え……」

突然のマリエルの告白に、シャルロットは一瞬言葉の意味がわからなかった。そのまま呆《ほう》けていると、マリエルが続けてきた。

「何度もラルクに愛しているって告白したわ。でも彼は、自分は一介の騎士に過ぎないから身分違いだと言って、私を受け入れてくれないの」

「……マリエル」

「彼は私が子供の頃から、ずっと私の騎士であってくれたわ。でも、私にとってラルクはこの世でたった一人の王子様なの」

この世でたった一人の王子様――。

一瞬シャルロットの脳裏にサイラスの姿が浮かぶ。しかし慌ててシャルロットは頭を振って打ち消した。

忘れなきゃ……。

シャルロットは意識をマリエルの話へと集中した。

マリエルがラルクに恋愛感情を抱いていることにはまったく気づいていなかった。しかしよく考えれば、それはわかることだった。

そういえば、馬車の中でもマリエルは少しだけ不平を漏らしていた。

『ラルクは亡くなったお父様の騎士の一人で、私が子供の頃からずっと一緒なのに、私を主としてしか扱わないの』

あれは恋人として扱って欲しいという思いで口にした言葉なのだろう。

「なのに、彼は私がサイラス陛下と結婚したほうがいいと言うの。そのほうがバーズリー伯爵家にとっても、私にとっても幸せだって……」

シャルロットも聞かされた言葉だ。ラルクが口にしたことは、マリエルのことを大切にしているからこそ出た言葉だと思っていた。しかしそこには、マリエルの幸せのために自分は身を引くという決意が込められていたことに、今になって気づく。

あれが忠誠心からの言葉だけではないことを信じたい。彼もまたマリエルのことを愛している気がするから――。

「ラルクは私の幸せを考えて莫迦なことをお姉様に言ったけど、私の幸せはラルクと一緒に生きていくことなの」

「マリエル……」

「だからお姉様は私のことなんか考えずに、陛下のことを愛しているのなら、記憶が戻っていないなんて嘘を言わないで、陛下と結婚して」

マリエルが急に大人びて見えた。まだ内戦だった頃は、小さな妹のような気がしていたのに――。

「ありがとう、マリエル。確かに私の記憶は戻っているわ。嘘をついてごめんなさい。でも、私、この先、シンシアとして生きていこうと決めたの」

「え？」

「ラルク殿なら、私も結婚に反対しないわ。きっとマリエルと一緒にバーズリー伯爵家を立て直してくれると思うし、何よりもマリエルを大切にしてくれるってわかるから」

「お姉様……」

「マリエルがラルク殿と結婚した後も、サイラス陛下に、マリエルの支えになって欲しいと、私からもお願いしてみるわ」

「陛下って……お姉様、その呼び方は……」

マリエルはすぐにシャルロットの『サイラス』の呼び方が変わったことに気づいた。さり気なく言うつもりであったのに、あっと言う間に妹にばれてしまい、シャルロットは苦笑した。

「私はシンシアとして生きるの。そうなると、もう彼を陛下と呼ばないといけないのよ」

そう言うと、マリエルが悲壮な顔をした。

「お姉様……どうしてシンシアとして生きるの？　私のことならもう何も心配しなくていいのよ？」

「私、こちらの家族のことも大好きなの。サイラス陛下は、私がいなくてもきっと相応《ふさわ》しい方を花嫁として迎え入れることができるかもしれないけど、この家にとって、シンシアは私一人なの。それこそ代替《だいたい》がきかないほど、大切にしてくれているの」

どうしてかシャルロットの目に涙が溢れそうになった。自分でちゃんと考えて出した答えなのに、胸が震える。まだサイラスを諦めきれていない自分を思い知ったような気がした。

「だからといってお姉様が犠牲になることないわ」

シャルロットは涙を堪えながら、首を横に振る。ここで泣いたら、マリエルに気持ちを見透かされてしまう。そうなったら、彼女が自分の道を真っ直ぐ歩いていけなくなってしまうような気がして、シャルロットは懸命に耐えた。

「犠牲じゃないわ。私、貪欲だから、みんなが一番幸せになれる方法を選んだの」

「でもお姉様にとっては一番幸せな結果じゃないいんじゃない」

「みんなが幸せなのが、私にとって一番幸せなの」

三年前の不幸を引き摺らず、みんなが幸せに向かって歩いていける。そういう未来を選びたい。

堪えていたのに、とうとう涙が頬を伝って落ちてしまった。混乱するも、でもこれは悲しみの涙ではないことはわかった。

「お姉様はもう決めてしまったのね……」

マリエルもシャルロットの意志の固さに諦めたようだ。

「なんだかマリエルと話していたら、いろんな感情が込み上げてきて、涙が出ちゃった」

笑いつつも指先で涙を拭う。するとマリエルまで貰い泣きをし始めた。

「お姉様がそんなこと言うから……私も涙が出てきちゃったじゃない」

マリエルは皿の上に置いたマドレーヌを手にした。

「美味しいものを食べると幸せな気分になるのよ。だからお姉様、子爵夫人が作ってくださったこのお菓子、しっかり食べましょうよ」

そう言って、泣きながらマドレーヌを頬張る。マリエルも何かを吹っ切ったようだった。彼女もようやく前を向いて歩き始めたような感じがシャルロットにも伝わってくる。

「そうね。このイチジクジャムもマドレーヌにつけてみて。とても合うのよ」

そんなことを話していると、ティールームに控えめなノックの音が響いた。返事をすると母がピーチパイを持って顔を出した。

「今、急いでピーチパイを焼いたんだけど、食べるかしら？　できたてで熱々よ」

「わぁ、ありがとう。いただくわ、お母様」

シャルロットの声に母が嬉しそうに満面の笑みを浮かべる。

「マリエルにお母様のピーチパイを食べてもらいたかったから、嬉しいわ。ねえ、マリエル。母のパイを食べると、よそのパイが食べられなくなるのよ。それくらい美味しいの」

「わあ、楽しみ」

「シンシア、そんなこと言わないの。もう、ごめんなさい、マリエルさん。たいしたものじゃないのよ」

母はそう言うと、そそくさとケーキ用のナイフを取り出して、パイを切り始めた。ふんわりと甘いピーチの香りが部屋に漂う。

「バーズリーの母は、お菓子作りはしなかったわ」

マリエルが、ピーチパイが切り分けられるのを見ながらそんなことを言った。

「お姉様が羨ましいわ。こんな美味しそうなパイ、いつでも食べられるんですもの」

「あの……差し出がましいかもしれませんが、マリエルさんがよろしかったら、何度でも食べに来てくださいね。シンシアの……シャルロットの妹さんですもの。私にとっても特別なお客様ですから」

「本当ですか？　嬉しいです。船に乗って半日で来られるので、お言葉に甘えてまた遊びに来ますね」

マリエルの言葉に母が嬉しそうに笑う。母もアリストラル王国に少しずつ歩み寄ろうとしているのが窺える。今まではシャルロットの記憶が戻るのを恐れて、アリストラル王国に関係するものをすべて避けていたのを、母自ら、それを乗り越えていこうとしているのを見て、シャルロットは嬉しくなった。

みんなが一歩前へと進んでいくわ――。

「お母様、ありがとう」

「改めて言われると恥ずかしいわ。じゃあ、私はこれで失礼しますね。ピーチパイ、まだあるから、足りなかったら声をかけてね」

「お母様、ワンホールあれば、充分だわ」

シャルロットがおどけて返答すると、母は笑って『一人ワンホール、食べても構わないのよ』と言い、ティールームから出ていった。空気が和む。

「いいお母様だわね」

「ええ、だから幸せにしたいって気持ち、マリエルにもわかるでしょ?」

「ええ、わかるわ。でも、さっきの続きだけど、みんなが幸せになれる方法、私もぎりぎりまで考えるから、一人で突っ走ったりしないでね。お姉様、いつも変なところで行動力があるから怖いのよ」

マリエルがしかめっ面をして念押ししてくる。こういうところも昔から変わらない。昔、木登りで怪我をしたシャルロットに、マリエルは妹ながら、こんな顔をして注意してくれたのを思い出す。

心がほんわかと温まった。この記憶を取り戻せてよかったと改めて感じる。同時に一つの答えがシャルロットに出た。

「うーん、でも、実は私、お兄様と結婚しようかと思っているの」

「ええっ!?」

マリエルがこれ以上ないくらい大きく目を見開いて驚いた。

「本当はさっきまで悩んでいたんだけど、こうやってマリエルと話していたら、吹っ切れたっていうのかしら。私も一歩前に進まなきゃ駄目かな、って思えるようになったの」

「それがどうしてレガル様との結婚という話になるの？」

「お母様もちらりとそんなことを考えていたみたいだし、お兄様からも一度告白されているの」

「ええっ!?」

手にしているフォークも落ちそうなばかりに、再びマリエルが驚く。

「しっ、マリエル、声が大きいわ」

シャルロットが唇に人差し指を当てて注意すると、マリエルは慌てて両手で自分の口を塞いだ。そして誰もこの声に反応して部屋に姿を現さないことを確認し、小声で話しかけてきた。

「お姉様、そのお話、初耳だわ」

「そうね、誰にも言ってなかったから。ずっと迷っていたんだけど、ここで私がいつまで経っても足踏みしていたら、みんなが前へ動けないでしょう？　たぶん私が結婚したら、サイラス陛下も三年前の悪夢から解放されて、前へ進めると思うの」

しかしそう告げた途端、マリエルの表情が曇る。

「……お姉様、本当にそう思う？　陛下がお姉様のことをお忘れになって、前へ進まれると思う？」

「マリエル……」

「陛下はこの三年間、本当に苦しんでいらっしゃったわ。お姉様の死を受け入れることができずに、ずっとお捜しになって……。今回突然、陛下がこのレダ王国にお忍びでいらっしゃったのも、ただの偶然だと思っている？　お姉様」

「え……」

シャルロットの鼓動がドクンと大きな音を立てる。

「陛下は、お姉様が大好きだったピアニスト、ザッケル氏がサロンで演奏会をすると耳にされたから、こちらにお出掛けになったのよ。もしかしたら、行方不明のお姉様が来ているかもしれないって、一縷の望みを懸けて」

ザッケル氏の演奏会——。

あそこでサイラスと出会ったのは偶然じゃなかったの——？

「そんな陛下が、簡単にお姉様をお忘れになると思う？」

サイラス——。

涙がまた溢れ出してきた。彼のことを思うと胸が熱くなり、どんなに抑えようとしても、恋しい思いが溢れてくる。切なさに胸が締めつけられるようだ。

でもやはり三年前、シャルロットの運命は別の方向へと向き始めたことには違いない。

「私ね――」

シャルロットはマリエルにようやく本当の胸の内を話す覚悟がついた。

「バーズリーのお父様やお母様が生きていらっしゃった時は、バーズリー伯爵家はアリストラル王国屈指の大貴族で、陛下を支えていけるだけの力もあったと思うの」

「お姉様？」

今までとは違う話をしだしたシャルロットに違和感を覚えたのか、マリエルが怪訝《けげん》な顔をする。それでもシャルロットは話を続けた。

「でも今や、バーズリー伯爵家は風前の灯《ともしび》。マリエルが爵位を継いで、どうにか家名だけを残すような衰退ぶりだわ。これからも陛下のお力を借りていかなければ存続も危うい」

そう、だからこそ、シャルロットが傍にいてはいけないのだ。

「陛下の――サイラスの昔からの夢は、国民を幸せにすること。流す涙も血も、あの内戦で最後にすることなの。でも、その夢を叶えようとしても、今のバーズリー伯爵家の力では何もできないどころか、彼を頼るしかない状態……」

また涙が頬を伝い零れる。頭ではわかっているのに、感情が割り切れない。サイラスと離れて生きていくことを拒む自分がいる。

「お姉様……」

マリエルの手がシャルロットの手に重ねられ、そっと上から握ってくれる。

「……私、マリエルがサイラスのことを愛しているというのなら、応援しようと思ったわ。でも、そうでなければ――、もっと力のある……他国の王族でもいいの。サイラスの夢を支えていけるだけの力のある方と結婚してほしいの。無力である私では、もう彼の夢を一緒に叶えることはできないから」

「そんな……そんなことで」

「そんなことじゃないわ。サイラスが四年前、どれほどの決意で兵を挙げたか、私は近くで見て、知っているの」

一年間、国が乱れた『星月戦争』と呼ばれる内戦。彼が父王の死後、どれほど苦しんで、実の叔父を敵に戦ったか、シャルロットは傍らでずっと見てきた。すべては彼が国民を愛するゆえだ。飢餓《きが》や戦争で命を落とす民をなくすためだ。

「彼の夢をずっと支えていける。それが私であったらどんなに嬉しかったか。でも今の私には何もない。彼の夢を実現させるのに足を引っ張るのが目に見えているの。それがわかっているのに、サイラスの横には立てない。そんな悲しい立場にはなりたくない。たとえ遠くで見ているしかなくても、彼が立派な国王になるのが私にとっても夢なのよ」

「夢って……」

マリエルの声に、シャルロットは小さく頷くと、マリエルに握られていないほうの手で涙を拭った。

「ごめんね。私、みんなの幸せを願っているって、口では言っているのに、結局は自分の幸せが一番大事なのかもしれないわ……。私の一番の幸せはサイラスの夢を叶えることなの。そのためなら、私自身、どんな犠牲だって払えるくらい大切なことなの」

マリエルの瞳にも、また涙が溜まっているのがわかった。妹も姉の強い決意を感じ取ったのかもしれない。

「マリエル、どうか幸せになって。私も幸せになるから」

「でも……」

マリエルの表情が浮かないままなので、シャルロットは少しおどけて言葉を足した。

「レガルお兄様はすっごく優しくて、こちらの国では女性陣の憧れの的なのよ。そんなお兄様と結婚できたら、私も絶対に幸せになれるわ。だからあなたもラルク殿を頑張って射止《いと》めてね」

その言葉に、マリエルは涙を指先で押さえると、昔のように姉妹ならではの会話をし始めた。シャルロットの意図を汲んでくれたようだ。

「ラルク、本当に頑固なのよね。私とは身分が違いすぎるって……毎回断られるの」

「それって……あなた、本当にラルク殿から愛されているのかしら？」

「もう、お姉様、意地悪ね。前に、ちょっといろいろあった時があって、その時にちゃんと私のことを愛しているって言ってくれたわ。本当はお姉様が陛下と結婚してくれれば、彼も

私が陛下と結婚するのを諦めてくれるかと思っていたんだけど……。うん、でも奥の手をちゃんと考えてあるから、最後はそれを使うつもりなの」

「奥の手？」

シャルロットが聞き返すと、マリエルの目が、何かを企んでいる悪者のような目になる。

「ふふ……ええ、私が爵位を継いだら、ラルクに結婚を命令しちゃうわ。主の命令は絶対だもの。結婚せざるを得なくしちゃう」

「なかなか暴君ね」

「そうでもしないと、ラルクは私を諦めてしまうわ」

「マリエル……」

思い詰めた表情をしたマリエルに、シャルロットが声をかけると、マリエルは深刻になりそうな雰囲気を払拭するかのように、大袈裟にぱくりとクッキーに齧《かじ》りついた。その様子に彼女が頑張ろうとする気持ちを感じ取り、シャルロットも応援する気持ちを込めて、同じ種類のクッキーを口にした。二人でしばらくクッキーを咥《くわ》えたまま見詰め合って、そしてとうとう笑い出した。

自分たちはどんな状況になったとしても、大切な姉妹であることをお互い認識し合う。どこでどう生きようと、それは変わらないことに安堵した。

「お姉様にはお姉様の考えがあって、物事を決めているんだから、私はこれ以上何も言わないわ。でもお姉様、絶対幸せになってね。ううん、なろうね。せっかく生きて再び出会えたんだもの」

「ええ、二人でどちらがより幸せになるか競争しましょう」

「負けないわよ」

「私もよ、マリエル」

この後も、久々の姉妹水入らずで、二人は充分にお喋りをし、帰り際、近いうちにまた会うことを約束して別れたのだった。

＊＊＊

マリエルと会ってから、瞬《また》く間に二週間が過ぎた。シャルロットはその日、ガーデンパーティーへと出掛けた。

それは以前、ザッケル氏のピアノの演奏会があった屋敷の庭で行われていた。

前回と同様、兄の知人が主催で、どうしても断れなかったらしい。男女同伴での参加が条件となっているということで、シャルロットはレガルと二人で招待を受けた。

先日に来た時にも思ったが、ガーデンパーティーを開くだけあって、庭は広く、そして手入れも行き届いている。

花壇《かだん》に植えられた美しい花々はもちろんのこと、木漏れ日が芝生に濃淡の模様を描いているようにも見え、目にも鮮やかな庭となっていた。

一方、ピアノの演奏会の時に、池に咲いていた睡蓮は、すでに終わっていたが、代わりにエメラルドグリーンの池の中には、他国で養殖され、今やレダ王国内でも大人気の錦鯉《にしきごい》がキラキラと鱗《うろこ》を光らせ泳いでいるのが見えた。

「こんなに色鮮やかな魚、見たことがないわ」

シャルロットは兄と二人で橋の上から錦鯉を眺めていた。

庭は他にも大勢の人で賑《にぎ》わい、あちらこちらに食事のスタンドが用意され、ピクニックさながらの立食パーティーになっていた。

招待客が庭を散歩できるようになっていたり、カードゲームが用意されていたり、生演奏を鑑賞したりする場所なども作られており、各々《おのおの》楽しめるように工夫されている。

「あそこに鯉の餌《えさ》があるの。使用人の方に聞いたら、池の鯉に餌をやれるんですって。お兄様も一緒にどう?」

シャルロットは少しだけ無理をしてはしゃいで見せた。シャルロットがアリストラル王国から戻ってきて元気がないことを、家族が気にしているのを知っているからだ。

シャルロットが餌を貰いに行こうとすると、それまでシャルロットにつき添っていたレガルの足が、ふと止まった。

「お兄様？」

兄を見遣ると、真っ直ぐシャルロットを見つめてくる瞳とぶつかった。

「シャルロット、そんなに無理して明るく振る舞わなくてもいいんだぞ」

「……っ」

見破られたくないことを兄に知られてしまい、心臓が逸る。どう答えていいか迷っていると、兄がふっと笑ってくれた。

「自然のままでいてくれたらいいんだ」

「お兄様……」

そのままレガルが優しくシャルロットの頭を撫でてくる。それまでドキドキしていたシャルロットの心臓がゆっくりと落ち着き始めた。

「母上から聞いたよ。お前、本当に私と結婚するつもりなのか？」

「え？　ええっ？　お兄様、急に何をっ……」

マリエルが遊びに来てくれた日の翌日に、シャルロットは兄、レガルとの結婚の承諾を母に伝えた。しかし、まったく今日まで、それについて兄はなんの素振りも見せず、普段と変わらないままであったのに、今になっていきなりそんなことを口にされ、せっかく落ち着いてきたシャルロットの心臓が、またもや鼓動を速める。

しかも誰が聞いているかわからない場所で、結婚の話題をされるとは思っておらず、シャルロットは焦った。

すぐに辺りを見回す。誰もシャルロットとレガルの会話を聞いていそうな人はいない。橋の向こうの少し遠くのほうで、たぶんレガルがお目当てであろう婦人方が、チラチラ視線を送ってくるのが見えるだけだ。それもこの距離なら会話を聞かれることはなさそうだった。

シャルロットは兄に視線を戻すとコクリと頷いた。するとどうしてか、兄の目が鋭く眇められる。

え？ 私、何かお兄様を怒らせるようなことをしてしまったかしら……？

シャルロットは不安になって声をかけた。

「お兄様、どうしたの？」

「——お前はそれで本当に幸せなのか？」

「本当に幸せって……」

「お前にとって、それが本当に幸せなのかと聞いているんだ」

静かなトーンではあるが、どこかずっしりと重みのある響きだった。

「みんなが幸せなのが、シンシア、お前にとって一番の幸せなのだろう？」

「え……」

それは先日、シャルロットがマリエルに話した言葉だった。

マリエル——。

どうやらマリエルがなんらかの手段を使って、レガルとコンタクトを取り、シャルロットとマリエルの会話の内容を伝えたようだ。

マリエルの裏切り者――っ！

ここにいない妹に心の中で文句を言う。しかし言ったところでこの状況が変わるはずもなく、シャルロットは言葉を失った。するとレガルがこれ見よがしに、呆れたような大きな溜息をついた。

「シンシア、もしそれが本当なら、お前は幸せじゃないぞ」

「……え？」

意味がわからず、そのままレガルを見つめた。兄の双眸が少しだけ緩む。

「なぜなら――、私が幸せではないからだよ」

レガルの凜《りん》とした声が、シャルロットの鼓膜を震わせた。

穏やかな昼下がりだった。時折、人々の談笑が風に乗って聞こえてくる。さらに耳を澄ませば、池に蛙が飛び込むピチャンという水の音が、橋の下で静かに響くのが聞こえるほどだった。

「お兄様……」

「お前が幸せでなければ、私は自分が幸せだとは思えない。それに、義理や同情で結婚されても、私は嬉しくはないが？」

「そんな義理や同情でって……そんなことはまったくないわ」

お兄様を傷つけてしまったわ！

シャルロットがおたおたすると、レガルがぷっと噴き出して笑った。そして続けて冗談っぽく言葉を続けた。

「お前に面倒を見てもらわなくとも、私は結構もてるから、自分の結婚相手くらいきちんと見つける。だから——」

兄の視線がシャルロットの背後へと向けられる。

「そろそろ陛下もお声をかけてくださいませんか？　全部私に言わせるというのは、少し酷だと思いますが？」

「え？」

シャルロットは慌てて後ろを振り返った。そこには——。

「すまない、レガル殿」

「サ、サイラス——へ、陛下」

そこには、シャルロットがアリストラル王国から戻ってから、連絡も取っていなかったサイラスがいた。

「シャルロット、君はいつも一人で、何もかも決めようとしてしまうんだね。今回も君を危うく捕まえ損ねるところだった」

新緑に囲まれた橋の上で、なんでもないふうにシャルロットに話しかけてくる。一瞬、夢でも見ているのではないかと思えた。するとレガルがシャルロットの肩を軽く叩いた。

「シンシア、いやシャルロット。本当は記憶が戻っているらしいな。きちんと陛下とお話をしろ。痴話喧嘩《ちわげんか》に兄を巻き込むんじゃない」

「お兄様、私、痴話喧嘩なんかじゃ……それに記憶が戻っているって……」

訂正しようとするが、聞く耳を持たないとばかりに、兄に背中をぽんと押される。シャルロットはそのままサイラスのほうへと一歩、二歩と近寄ってしまった。

「サイラス陛下、どうか妹を幸せにしてやってください」

振り向くと、兄が頭を下げているのが見えた。

お兄様――。

レガルの姿を見て、胸に熱が込み上げてくる。その熱はやがて涙となってシャルロットの瞳から溢れ出した。

「しかし、もし妹が泣くようなことがあれば、たとえあなたが一国の王であろうと、私は妹を奪い返しに行きます。絶対に」

お兄様！

その言葉に、どんなに兄に愛されていたか気づかされる。それなのに、兄の愛情を考えれば、自分はなんと軽い気持ちで兄との結婚を考えていたのか。

私――！

きつく目を閉じても、大粒の涙がぽろぽろと零れ落ちる。

ごめんなさい、お兄様……。

何もかも未熟な自分を悔いるしかない。しかし、涙を流すシャルロットの肩を引き寄せる手があった。サイラスだ。

「レガル殿、その心配の必要はない。私はあなたの妹君を一生幸せにするつもりだ。だから安心してくれ」

サイラスがレガルに力強く宣言する。レガルもその言葉に満足したかのように笑みを浮かべた。

「その言葉、お忘れなきようお願いします。では、私はこれで失礼します」

レガルはすっと踵を返した。

「お兄様！」

せめて感謝の気持ちを伝えたいと、シャルロットは必死で兄を呼び止めた。レガルがもう一度、こちらに振り返る。

「お、お兄様……ありがとう」

「シャルロット、幸せになるんだ。それが私の幸せにも繋がるんだからな。遠慮なく、幸せになれ」

レガルはいつもの優しい笑顔で告げると、そのまま背を向け、離れていってしまった。シャルロットはもう一度、大きな声で兄に向かって叫んだ。

「ごめんなさい！　そしてありがとう、お兄様！」

その声に振り向きはしなかったが、レガルは片手を上げて応えてくれる。その背中を見つめながら、兄には絶対に幸せになって欲しいと、改めて願った。

「シャルロット、そろそろこちらを向いてくれないかな？」

ずっと兄の背中を見続けていたせいか、そんな声が背後から聞こえる。シャルロットは声の主のほうへと振り返った。

「やっと君と向き合って話ができる」

兄が去り、橋の上にはシャルロットとサイラスだけだ。彼を正面から見つめていると、まるで二人だけが、穏やかなこの場所から切り離されたような、そんな錯覚さえ生まれる。

「あの置き手紙を読んで、どれだけ私が落ち込んだか知っているかい？　まさに君は私の弱点だ。今回のことで痛感したよ」

置き手紙……。

シャルロットはアリストラル王国を離れる際に、自分は記憶が戻らず、アリストラル王国で暮らしていくのは辛い。レダ王国のシンシアのままでいたいから、妹のマリエルと結婚して、国を繁栄させて欲しい……というようなことを手紙にしたためた。

その時はそれが彼と別れるための精一杯の気持ちだった。

「サイラス──わた……」

シャルロットが話そうとするも、サイラスにシッと小さな声で制され、人差し指を唇に当てられた。そしてそっと抱き締められ、耳元で囁かれる。

「まずはマリエルからの伝言だ。『お姉様に幸せになって欲しかった。ごめんなさい』ということだった」

「ごめんなさいって……マリエル……」

先日、マリエルがいきなりランセール子爵家に来たのは、シャルロットに会うためだけではなかったのかもしれない。妹は姉を幸せにするために必死だったのだ。きっとシャルロットの話を聞いた後、レガルとサイラスに会い、捩れた糸を解こうとしてくれたのだろう。

マリエル──。

妹の気持ちに感謝してもしきれない。シャルロットこそ、妹を絶対に幸せにすると心から改めて誓う。

「シャルロット、話は大体マリエルから聞いている。でもちょっと酷いんじゃないかな」

「酷い……？」

すぐ目の前のサイラスの顔を見上げる。

「私の夢を叶えるのを支えていけないから、他の力のある家の女性と結婚したほうがいいって言ったそうだね」

「あ……」

言った。相手がマリエルだったから本音を口にしたのだ。まさか本人の耳に入るとは思っていなかった。

「少し傷ついたな……」

サイラスの表情が曇る。シャルロットは誤解されないように慌てて言い訳をした。

「あの、それは決して私があなたと結婚したくないから言ったんじゃないのよ。私、もう本当になんの力もないの。バーズリーの家も今はないようなものだし……だからあなたのためにならないと思って……」

「シャルロット」

話を続けようとしたところで、サイラスの厳しい声が響く。シャルロットは思わず口を閉じた。

「こう言っては失礼かもしれないが、最初から君の家の力なんて当てにしていない。私は私自身が国民や国を守れるだけの力をつけると、昔から思っていた。それとも私は誰かに支えてもらわないとならないほど頼りない王なのだろうか？」

シャルロットは大きく首を横に振った。

「そんなことはないわ」

「だったら、それについては君が悩むことはないはずだろう？　あと、ランセール子爵家の家族にもなりたいそうだね」

「それもマリエルから聞いたの？」

どうやら本当にマリエルはあの時の会話を全部サイラスに伝えたようだ。

「ああ、ランセール子爵家については、私も考えていて、王妃の実家と同格でこれからもつき合っていこうと思っている。ランセール子爵家もバーズリー伯爵家も君の家であり、家族だからね」

「サイラス……」

サイラスの決断に、シャルロットは驚くばかりだ。王妃になる女性の実家が二つあるという前例はないはずだ。それを彼はシャルロットのためになそうとしている。

「シャルロット、そんなに複雑に考えなくてもいい。もっと簡単に考えてみよう。私は君だから結婚したいんだ。君がどこの家の誰だなんて関係ない。君という個人と結婚するつもりでいる。それとも君は私が国王だから結婚するのかい？」

「違うわ！」

今度こそ大きく首を左右に振った。シャルロットも彼が『サイラス』だから、子供の頃から大好きだったのだ。王子だの国王だのは後からついてきたもので、実際は関係ない。

私、一人で何をいろいろと悩んで行動していたのかしら――。

自分の不甲斐《ふがい》なさを実感する。

『——一人で突っ走ったりしないでね。お姉様、いつも変なところで行動力があるから怖いのよ』

マリエルの声が響く。マリエルだって、あの時そう言っていたのに、シャルロットは聞く耳を持っていなかった。

「で、あと何が問題かな？　こうなったら、君の中の問題を一つずつ片づけて、もう私から逃げられないように外堀をきっちり埋めていくつもりだよ」

「サイラス……っ」

シャルロットはとうとうサイラスの首にしがみついた。

「ごめんなさい……サイラス」

サイラスがそっとシャルロットの髪に顔を埋めてきた。

「この三年間、さすがに私も何度も挫《くじ》けそうになった。だけど君が戻ってきてくれるなら、すべては幸せに繋がる苦労だったとして、よかったと思わないといけないかな」

「サイラス……本当にごめんなさい。あと、記憶を失って、一時的にでも、あなたを忘れてしまってごめんなさい」

「それはこれから君が私を幸せにしてくれることで帳消しにするよ」

「サイラス……」

「それからシャルロット、今度こそ私と結婚してくれるかい？」

「え……」

「しつこいと思われても、君を手に入れられるなら、私は何回だって君にプロポーズする覚悟があるよ」

今ここでプロポーズされるとは思っておらず、シャロットは驚いて顔を上げた。

すぐ目の前にはサイラスの深い青色の瞳がある。その瞳の色を見て、シャルロットはやっと戻ってきた……と感じることができた。

「シャルロット？」

黙って見つめているシャルロットに焦れたのか、サイラスがシャルロットの名前を呼ぶ。途端、じわりじわりと幸せが込み上げてきた。自分の幸せが、みんなのお陰で成り立っているのを感じずにはいられない。

「しつこいなんて思うわけないわ。サイラス……こんな私でもいいの？」

「いいに決まっている。何しろ三年間、君が生きていると信じて、一人で孤独に耐えてきたんだ。今さらだよ、シャルロット。愛している」

「わた……っ……」

言葉を言い終わらないうちに唇を塞がれた。すると周囲からぱらぱらと拍手の音が聞こえてきた。驚いて辺りを見回せば、いつの間にか人が橋の袂《たもと》まで寄ってきていて、サイラスとシャルロットを祝福してくれていた。そこにはレガルも交じっている。

「サ……サイラス、みんなが見ているわ」

恥ずかしさにサイラスから離れようとするが、彼の腕がしっかり背中に回されて、逃げるに逃げられない。

「構わないよ、私たちは誰もが認める婚約者同士だからね」

サイラスは嬉しそうにそう囁くと、再びシャルロットの唇にキスを落とした。そしてこんなことを言い足した。

「でも、君が気になるのなら、人の目を気にしなくていい場所に移ろうか？」

「サ、サイラス!?」

シャルロットが焦って声を上げると、サイラスが楽しそうに笑った。それは見ているこちらも幸せになるような笑みだった。

エピローグ

アリストラル王国の王城では、夜も更《ふ》けたというのに、一人の女官があたふたと駆け回っていた。

「どこへおいでになったのでしょう、シャルロット様は……。わざわざレダ王国からお越しになったご家族がお待ちになっていらっしゃるのに」

明日はいよいよ結婚式だというのに、肝心の花嫁がどこを探してもいないのだ。困ってうろうろしていると、別の女官が声をかけてきた。

「あら、シャルロット様なら、先ほど陛下とご一緒に裏の丘へ行かれたわよ」

「丘！　そうだわ、すっかり失念していたわ！」

シャルロットは毎晩、サイラスと王城の近くの丘で夜空を見上げるのを日課としていた。挙式前日の今夜もどうやら出掛けたらしい。誰が見ても本当に仲睦まじい二人である。

「じゃあ、こちらからお声をかけては駄目だわね。仕方ないわ、お二方がお戻りになるのを待ちましょうか。シャルロット様もご家族のことはご存知でしょうから、そんなに遅くはならないでしょうし……」

女官自身も、三年も離れ離れになり、今やっと一緒にいられるようになった二人の邪魔はしたくはなかった。

「それにしても、シャルロット様がご無事でよかったわ。一時はサイラス陛下はどうにかなってしまわれるのではないかと心配になるほど落ち込まれていらっしゃったから」

話しかけてきた女官がしみじみと語る。明日行われる挙式は、ここにいる誰もが格別の思いを胸にし、迎える晴れの日だった。

「ええ、これからは過去がお辛かった分、幸せになっていただいて、この国をますます繁栄させ、そして平和にしてくださることを祈るばかりだわ」

そう言って、女官は窓から満天の星が輝く夜空を眺めた。

美しい星々は、まるでアリストラル王国の未来までも明るく照らしてくれているようだった。


「寒くないかい？　シャルロット」

「ええ、大丈夫よ。こうやってサイラスと一緒にブランケットに包《くる》まっていると温かいわ」

二人は一枚のブランケットに包まって、夜空を見上げていた。日中はサイラスが公務で忙しく、なかなか二人だけの時間が作れないため、こうやって毎晩、二人で夜空を見上げながら、話をするのが日課になっていた。

お互い離れていた分、少しでも一緒にいたいという気持ちが強いのだ。

夏もそろそろ終わりに近づき、夜になると秋の気配がそっと忍び込んでくる。確実に季節が移り変わっていくのを肌身で感じるようになった。

丘からの景色は、以前とまったく変わらず、アリストラル王国の王都を綺麗に見渡すことができた。夜は夜で、星が落ちてきそうなほどの夜空が王都の真上に広がり、きらきらと光の粒が空から降っているかのようにも見える。

「こうやって、昔も二人でよく星を見上げたね」

「ええ、サイラスといろんな話をして、あと星座をいっぱい教えてもらったわね」

目を閉じれば、まるで昨日のことのように思い出される。

「あれから、楽しいことも辛いこともあったけど、こうやって君と一緒に夜空を見上げられる日が戻ってきてくれた。奇跡のようだよ」

ブランケットの中で背後からぎゅっと抱き締められる。二人の躰がさらに密着して、そのままシャルロットはサイラスの胸に自分の背中を預けた。心までほんわかと温かくなる。

「明日、いよいよ結婚式だね」

「ええ、なんだか夢みたい。国が平和になったら結婚しようってサイラスが言ってくれて……そして四年、やっと私の夢が叶ったわ」

「シャルロットの夢？」

「……あ、あなたのお嫁さんになること」

改めて口にしたら恥ずかしくなり、頬に熱が集まる。

「シャルロットはいっぱい夢があるね」

後ろから耳朶の下にチュッとキスをされる。それと同時にサイラスの手がシャルロットのドレスを脱がしにかかる。

「サイラス」

シャルロットは彼の手を摑み、「めっ」と悪戯を仕掛けようとした彼を諫めた。すると彼は不服そうにシャルロットの顔を覗き込んできた。

「どうして？　二人きりだし、ここには誰も私たちの邪魔をする人間はいないだろう？」

「そうじゃなくて、もう……。昨日からお兄様やお父様、お母様がレダ王国から来てくれているのよ。昨夜に引き続いて、今夜もいろいろ話したいな……って思っていたし。お兄様もそう言っていたわ」

「お、お兄様……」

サイラスの口許がわずかに歪む。サイラスがレガルに対してライバル意識を持っていることを最近知ったシャルロットは、少しだけしまった、と思ったが、時すでに遅し、だ。サイラスは何かを企んでいる雰囲気満々で、シャルロットに話しかけてきた。

「そういえば、君の兄上殿も、そろそろ奥方を迎えられたほうがいいと思うんだ。ほら、ダンジ子爵の令嬢とか、マリダルン伯爵の令嬢とか……」

レガルをさっさと結婚させて、シャルロットから引き離そうとしている魂胆が丸見えの言葉だ。思わず目を眇めてしまう。

「……サイラス、適当にお兄様の奥方を決めようとしてない？　お兄様は、それはそれは素敵な人なんだから、その奥方も絶対、私の目に適《かな》う人でないと許さないつもりよ。適当に紹介してくれても反対するわよ」

「え……」

サイラスの躰が一瞬固まる。

「シャ、シャルロット、もしかして君は私よりレガル殿のほうがいいとか……そんなこと言うんじゃないだろうな」

離さないとばかりに、さらに強くぎゅうっと後ろから抱き締められる。こんなことで嫉妬《しっと》されるとは思ってもいなかった。

「もう、サイラスとお兄様はまったく違うわ。私、お兄様に恋心を抱いているわけじゃないのよ」

そう言った途端、サイラスに押し倒される。

「きゃ……」

驚いて声を上げるも、見上げれば真剣な顔をしたサイラスと目が合う。

「……違うって証拠、見せて欲しい。シャルロット」

冗談ではなく本気でそんなことを言ってくるサイラスに少々呆れながらも、シャルロットは掴んでいた彼の手を離した。するとすぐに彼が覆い被さり、キスを仕掛けてきた。

「君に関しては、もう遠慮をするのはやめたんだ。そうでないと、またどこかに消えてしまった時に後悔するからね。君が嫌がってもこの手は離さない――」

「嫌がらないわ。だから手を離さないで。ずっと握っていて」

そう願うと、サイラスが嬉しそうに双眸を細めた。

「ああ、ずっと握っているよ」

サイラスがシャルロットの手を持ち上げると、その甲に唇を寄せた。まるで騎士が姫君に忠誠を誓うような仕草だった。

「記憶を失っても、私から離れないように――。君を逃さない」

「……でも、もしまた私が記憶を失ったとしても、きっと何度でもあなたに恋をするわ。恋をしてめちゃくちゃ悩んで……でもやっぱりあなたと結婚すると思うわ」

「その約束は絶対守ってくれよ」

「ええ、だからサイラスがもし記憶を失っても、私に恋をしてね」

サイラスが返事の代わりに、ちゅっと音を立てて額にキスをしてくれた。

「シャルロット……あともう一つ、ついでにお願いがあるんだが」

サイラスが言いにくそうに告げてきた。

「なに？」

聞き返すと、彼がわずかに視線を逸らし、そして口を開いた。

「『星の王様の夢』を演奏するのは私の前だけにしてくれないか？　ランセール家の家族の前でも弾いて欲しくない……」

「え？」

最後のほうはボソボソとした小さな声であったが、思わぬことを言われ、シャルロットはサイラスの顔をじっと見つめてしまった。そして胸から込み上げてくるなんとも言えない幸福感に笑みを零した。

「嫉妬深いと思われるかもしれないが……」

シャルロットの笑みを勘違いして、サイラスはそんなことをつけ足してきた。シャルロットはそんな彼の頰に手を伸ばし、そっと触れた。

「これからはサイラスだけにしか弾かないわ。だって、あれはあなたのための曲だから。それにもっと素敵な曲をいっぱい作って、あなたにプレゼントするわ」

「ありがとう。シャルロット」

サイラスがシャルロットに覆い被さり、その首筋に吐息混じりで囁いてきた。

「愛しているよ、シャルロット」

優しくて、でも少しだけ嫉妬深いサイラスの背中に、シャルロットもそっと手を回した。

「ええ、私も負けないくらいあなたを愛しているわ、サイラス――」

嬉しそうに響くシャルロットの声は、星々が輝く夜空へとそのまま吸い込まれていった。


ヴィスタ暦、一三三四年。アリストラル王国は才気ある王と王妃に恵まれ、繁栄の時代を迎えることになる。

あとがき

こんにちは、または初めまして。ゆりの菜櫻です。

ちょっと遅くなりましたが、ハニー文庫様、創刊おめでとうございます。私も一読者として、作品を楽しみにしております。

今回は内戦によって引き裂かれた恋人同士のお話です。いろんな困難が待ち受けていますが、愛しているという気持ちはどんなものよりも強く、諦めず、強く信じていけば、必ず運命は二人を結びつけてくれる……そんなイメージで筆を執りました。

回想シーンで、わかりにくい遊び（?）をしておりますので、ネタバレを（笑）。

第一章のシャルロットが崖まで追い詰められるシーンで、雨がやみ、三日月が浮かんでいますが、それはサイラスの回想シーンで、叔父のワゼフをまさに捕まえた時、雲間が切れ、彼の顔が月に照らされた、あの瞬間と同じ時間帯になります。まさに、シャルロットが追い詰められていた時、サイラスは本当に近くまでやってきていたんですね。

あと一歩、早かったら……そんな気持ちを三日月のシーンにも込めてみました。わかりにくい！（笑）

あと気になるのはシャルロットの妹、マリエルでしょうか。騎士、ラルクとの恋を成就できたらいいなぁです。ここはちょっと身分違いもあるのですが、マリエルが強くラルクを押していくしかないのかな、と思ったりです。あ、ラルクはマリエルを愛していますよ。

今回、麗しい挿絵を担当してくださったのは、Ciel先生です。大変お忙しい中、美麗なイラストをありがとうございます。出来上がりが待ち遠しいです。

そして担当様、ご無沙汰しております。相変わらずの美文字で、著者校の折、自分のヘタレ文字をその横に書くという所業に汗が出ました（笑）。また今後とも、どうぞ宜しくお願いします。

さてさて実は私、今年、デビュー十周年になります。デビューしたのは、このハニー文庫様と同じ出版社、二見書房様のＢＬレーベル、シャレード文庫様でした。

こうやって息切れしながらも、どうにか十年間、無事に執筆活動ができ、そして新たな気持ちで始めた十一年目に、二見書房様の新しいレーベルでお仕事できたことに、ちょっとだけ不思議なご縁を感じました。益々のご発展をお祈りしています。

最後になりましたが、ここまで読んでくださった皆様に最大級の感謝を！　執筆中は七転八起（七転八倒？）の日々ですが、またよろしければ感想など、お聞かせくださると嬉しいです。

それでは、またどこかで皆様とお会いできるのを楽しみにしております。

ゆりの菜櫻

ゆりの菜櫻先生、Ciel先生へのお便り、
本作品に関するご意見、ご感想などは
〒101-8405
東京都千代田区三崎町2-18-11
二見書房　ハニー文庫
「まどろみの寵姫」係まで。

本作品は書き下ろしです

Honey Novel

まどろみの寵姫《ちょうき》

【著者】ゆりの菜櫻《なお》

【発行所】株式会社二見書房
東京都千代田区三崎町2-18-11
電話　03(3515)2311[営業]
　　　03(3515)2314[編集]
振替　00170-4-2639
【印刷】株式会社堀内印刷所
【製本】ナショナル製本協同組合

落丁・乱丁本はお取り替えいたします。
定価は、カバーに表示してあります。

ISBN978-4-576-14103-9

http://honey.futami.co.jp/